用什麼眼看人生

王邦雄——著

人生多變，個中滋味如何，端看用什麼眼光看待。

三民書局

再版序

重讀出版已十五年之久的自家散文集《用什麼眼看人生》一書裡的七十二篇文字，似乎自身仍處在原初的寫作情境中，那分感傷與痛切猶存心頭。邊讀邊問自己像這樣直抒胸臆的率真文字，今天的你還寫得出來嗎？

散文書寫，是在一時偶發的實然事件中，去抉發涵蘊其間的應然價值。作者立身之時空交錯的「景」，與人間互動所發生的「事」，僅是切入省思的觸媒基點，寫作的重心仍擺在情意的抒發與理念的說解。就因為「情」的寄託與「理」的安頓，皆發自人性本身的普遍需求，所以有跨越時空的必然性，雖十五年時光在不知不覺間已從身邊滑過，讀來仍覺清新。

這一篇篇在寫景中抒情，在敘事中說理的哲理散文，依其內涵編列四輯：輯一

「經典活用」二十四篇，輯二「生命傳承」二十篇，輯三「人間萬象」十五篇，輯四「異國心旅」十三篇。這一編排理序，重要感與數量無意間自然吻合。顯然這幾十年來在學院與民間的講學論道，皆以儒道法各家的經典為主，而傳統經典總得與現代生活結合；現代人心中有道，文化傳統的精神理念，就可以靈活運用，而重現於今天。故經典活用者有待於引傳統進入現代的生命傳承，再者還得讓經典回歸生活，落實在人間萬象中，去進行價值的反思與生命的驗證。即使走在異國他鄉的土地上，觸動感懷的依舊在經典傳承中尋求意義的詮釋。故雖編列四輯，實則一體統貫，前後呼應。

這七十二篇文字，除了〈現代街頭簡樸心〉是演講錄音整理而成，理路架構較為鬆散之外，其餘皆屬專欄與邀稿的精心之作。最具學術性的是〈論王維、李白與陶淵明的隱逸之道〉，回應中國學者《盛唐禪宗文化與詩佛王維》一書的觀點，說儒道佛三大教各有其終極的「道」與開顯之生命理境，王維的禪說之「空」，不必高於陶淵明的田園之「閒」，與李白的神仙之「逸」；並進一步做出從王維的田園詩凸顯的是理境，而陶淵明的田園詩卻回歸生活來看，陶淵明的詩是更鄉土更中國的論斷。

最有浪漫情思的是〈好一段伴讀的歲月〉，為臺北第一女中百年校慶而寫，回憶那段師生一起讀書，並走上成長的美好歲月。最有批判性的是〈四十年中文系行走〉，寫我就讀師大國文系四年的求學生涯，與任教中大中文系十七年的教學歷程，凸顯出中文系背負千年文化傳統的不可承受之重，與面對現代化挑戰卻苦於找不到出路的困境。最意氣風發的是〈我走錯教室了〉，回顧我在各大學講課批判一黨專政的高昂氣勢，與引發大學生從自家傳統走出現代化之路的熱列迴響；也寫了一筆在戒嚴年代我表達對美麗島事件之白色恐怖的強烈不滿，竟被信仰天主的師母向安全單位告發我思想有問題的往事，讓我了悟只愛天主的人，是很難真切的去愛人間的每一個人。最有故國情思的是〈走在絲綢古道上〉，伴隨得獎的高中國文教師、中文系所的博碩士生與大學生，走了一趟穿越大西北的絲路之旅，每天跑五六百公里參訪名勝古蹟的行程，在自家心中形塑而出的人文版圖，是古帝王陵園的西安城，不如中國地理中心的蘭州市，而蘭州市的繁華街景，又不如烏魯木齊的素樸開闊。尤其矗立在紅山公園懸岩之上林則徐雕像的永恆身影，象徵著大西的遠大前景。這幾篇篇幅較長的文章，都刊登在《人間副刊》。此外，另有〈現代傳奇自我書寫〉，寫余傳韜校長在中大八年的治校精神；與〈大巧藏身笨拙間〉，寫陶藝家李春和的創作理境，這兩篇長文刊登在《中央副刊》。最有痛切感的是〈三代傳承與兩代互動〉，寫我的阿公虧待我的爸爸，我的外公傷害了我的媽媽，我以儒學的義理回報我的父母親，以道家的智慧帶領我的兒女；我的學術研究為父母一生所承受的委屈平反，我的講學寫作為我兒女成長路上的艱辛預留空間，這篇刊登在《張老師月刊》。最輕鬆愉悅的是〈讀書有閒情、成長有空間〉，為文建會主辦的書展而寫，說自己鄉土童年與青少年之間隨意自在的閱讀經驗，和現代成長中的青少年說些不自我期許過高，也就不會負荷過重的貼心話。

其他精簡的短文，皆為《中央副刊》的方塊與《國語日報》「老祖先智慧」專欄而寫。最得意的幾篇，是「經典活用」的〈從孔家來〉與〈身心靈的現代安頓〉、「生命傳承」的〈大師對話〉與〈說希微也無希微〉、「人間萬象」的〈小城春回〉和〈在他死與我走之間〉，以及「異國心旅」的〈飛龍在天〉與〈夕陽無限好〉。

這十幾年來，已不大寫評論時事的感興文字，轉而集中心思在解讀經典，或寫出自家體悟而來之較有獨特見解的論文。像這樣的精簡散文，真的再也寫不出來了，因為心情不對，時代氛圍也不相應。

人家十年磨出一劍，我卻超過十年再出一版。想當初新書表會，還動員了曾昭旭、顏崑陽、廖玉蕙等幾位大作家大教授出席，真的愧對好友的情義相挺了。今為二版寫序，想起創辦《鵝湖月刊》的好友袁保新校長在閒聊時問起我：「王老師正在寫一生的傳記嗎？」回頭省視這七十二篇真情流露的文字，想想也有那麼一點意味了。

——二〇一九年十月序於秀岡心齋

用天眼看人生

王邦雄

這幾年間生命歸於沉寂，講學如常，而寫作熱力中挫，似乎身為知識分子的使命感，已在崩解中，而對時代發言的迫切感，也在流失中。

當今民粹盛行，而政團當家，在泛政治主義與貼標籤文化的擠壓之下，學人專家已在公共論述中，被邊緣化，甚至自我放逐。反正，文字閱讀漸成少數的弱勢族群，而上網串連卻獨領風騷，作者依舊在，而眼前不見了讀者的身影。因何而寫，或寫給誰看，竟成了寫作者最大的心理困境。

承蒙林黛嫚主編的雅意邀約，每週寫篇「方塊」文字，逼得徜徉在「無何方之鄉」的散人，再回歸斯土斯民，在一方田地裡用心耕耘，兩年工夫已結實纍纍，成果可觀，也就結集成書，而以「用什麼眼看人生」推出刊行，與久違的讀者朋友會面談心。

我讀《論語》「君子有三戒」章，對少壯老人生三階段的關卡考驗，深有體會，而給出成長關、創業關與休閒關的現代詮釋。並呈現少年用近視眼看，看得淺近而跟著當下的感覺走；中年用勢利眼看，深謀遠慮而不免算計鬥爭；老年用老花眼看，老眼昏花而抓住不放的人生轉折。此面對「戒之在色」、「戒之在鬥」與「戒之在得」的挑戰與試煉。

若與「夫子自道」的一生進境，做一對看解讀，少年血氣未定，要由「吾十有五而志於學」，到「三十而立」的生命成長；壯年血氣方剛，要由「四十而不惑」，到「五十而知天命」的事業開創；老年血氣已衰，要由「六十而耳順」，到「七十而從心所欲，不踰矩」的心境休閒。而在少年比才氣，中年憑機遇，老年看境界間，過人生的關，而不被自己卡住。

此一說法，在《莊子》「庖丁解牛」的三段進程中，得到了靈感印證。第一階段的「始臣之解牛之時，所見無非牛者」，是用肉眼看，官覺印象看到的是血肉形軀，但見整頭龐然大物的實體，立在眼前；第二階段的「三年之後，未嘗見全牛也」，是用心眼看，心知抽象看到的是血肉抽離的骨節間架；第三階段的「方今之時，臣以神遇而不以目視，官知止而神欲行」，是用天眼看，官覺與心知的作用停止，而純任心神導引前行，看到的是牛的神氣風骨。此以自家修養的「刀刃無厚」，來解開人間複雜的「牛節有間」。

原來，用肉眼、心眼與天眼來看人生，會看到人間不同的風景，也會體現人生不同的意境。人生在世，不能循天生自然過此生，老在淺視的少年，等深沉的中年，再等孤獨的老年的到來，有如輪迴般打轉，那是無奈的蒼涼。

人為萬物之靈，可以修養，可以覺悟，讓自身從肉眼升越為心眼，再由心眼升越為天眼，有如水漲船高般，登上生命的制高點，會看到人生絕妙的風景，也會體現人生絕高的意境。

——二○○四年六月序於淡江大學中文系

目次

輯二 生命傳承

輯三 人間萬象

輯一　經典活用

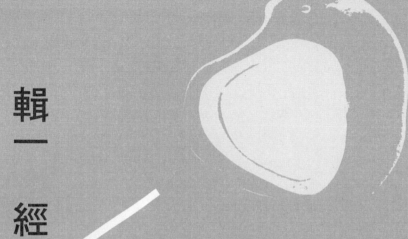

找回經典的智慧

主導幾千年文化傳統的走向，是儒道兩大家。孔子是至聖先師，老子是太上老君，至聖與太上都是最高的人生理想，先師與老君都是最古老的價值源頭，兩大家的思想，在源遠流長的世代傳承中，堪稱分量等同。此所以，在兒童讀經與成人講經的序列安排，《論語》與《老子》成了最根本最重大的兩部經典。儒家的仁義禮智，是生命的實理，而道家的絕仁棄義、絕聖棄智，則是心靈的虛用，虛用正所以成全實理，有了道家的虛靈智慧，才得以實現儒家的真實理想，兩大家兩大教本是獨立完足的思想體系，都建構了宇宙人生的終極原理，各有天道觀與人性論，也各有修養工夫與政治智慧，千古下來，卻在每一世代的文化心靈中，融會貫通，倫理道德是發自儒家德性心的創造貞定，情意美感則是源自道家虛靜心的觀照靈動。架構是儒家的，運用則是道家的，陽儒陰道同體並行。

《老子》開宗明義：「道可道，非常道；名可名，非常名。」（〈一章〉）道是人生的道路，名是生命的內涵，人生在世，你走了怎麼樣的人生道路，你就有了怎麼樣的生命內涵，此《莊子》說：「道行之而成，物謂之而然。」（〈齊物論〉）道路是人走出來的，不論孔子的道或老子的道、基督的道或佛陀的道，都有待大家去實踐，才能完成或實現它的價值理想，且進一步說，你做了你才是，你不做你就什麼都不是，所以生命內涵的「然」，是由人生道路的「行」而來的，你走了儒家的道路，你才是儒家的門徒，你走了道家的道路，你才是道家的門徒，基督徒佛弟子也是由「行道」而有的「物然」，物然就是名分，我一生行道，我才找到做一個人物的「然」，「然」就是我一生的美好，一生的價值，也就是我一生行道所擁有的名分，二者的連結，就是「存有論」，我存在於世界觀價值觀的「道」，我擁有了我活出一生的「名」，所以，普天之下的每一個人，都要有自己安身立命的「道」，再活出自己立身處世的「名」，道與名，都從誦讀開講《論語》與《老子》這樣的經典而來。

問題是，現代人不讀經典，少了孔子與老子的「觀」，去看到世界真相與人生真情的「觀」，也就定不住每一個人可以認同與歸屬的「道」，如是，一生價值美好的

「名」，也因而失落。再深進一層思考，也不是迷失了道，失落了名，而是道在人為造作的言說引導中，已不是恆常自然的道了，名在人為造作的規定賦予中，也已不是恆常自然的名了。譬如說，道隨流行時髦新潮走，名就失去了自家的風格跟品味，成年人被導向功利主義，青少年被引進升學主義，人生的道路在權勢奔競與名利爭逐，人生的價值就在升官發財，或是人生的道路在博聞強記與死背惡補，人生的價值就在考高分上第一志願。本來，每一個人的性向才氣大有不同，每一個人都有屬於自己想要走的人生道路，都有屬於自己想要活出的生命內涵，那才是天地間的常道與常名，而今卻在有心有為的人為造作中，被誤導為統一規格而欠缺個性的可道可名，不僅失落創意美感，且引向惡性競爭中，流行時髦頓成熱門，熱門就是窄門，我們都活在一個痛失品味格調，且嚴重挫折感的人生困苦中。

倘若，我們要對臺灣鄉土與臺北街頭做一概括的描述，「忙茫盲」三個字，最為傳神，且形成一立體的架構，分屬身心靈的生命三層次。此同當代學術研究自然科學、社會科學與人文學的界域三分，身是自然物，心是社會人，靈是人文心，形身忙碌不堪，心理茫然不定，而性靈盲昧不明，生命的三層次，同時出現了病痛，而根源就在性靈的封閉，帶出了心理的徬徨，再導致形身的疲累。

性靈是與天道天理連線的，開啟的是價值的宇宙、精神的天地與心靈的世界，那就是可以安身立命，可以心安理得，也可以頂天立地的「道」，是生命無限伸展的空間，孔子說：「下學而上達，知我者其天乎！」若上天知我，儘管「莫我知也夫」，人世間沒有人可以了解我，我也可以「不怨天，不尤人」（《論語‧憲問》），不埋怨老天對我不公平，也不責難別人不支持我，因為心中有道，性靈有了出路，人生就不會跌落在人間街頭的權勢奔競與名利爭逐中，也不會沉墮在官能欲求的聲色闖蕩間。就因為性靈封閉，生命呈現空虛與苦悶，落在患得患失的心理感受中，形成了躁鬱症，躁急是自我膨脹，憂鬱是自我悲憐，此一心理壓力情識牽引，落在形身物欲，轉嫁而為生理官能的厭食症與失眠症，沒有時間也沒心情吃飯睡眠，人成了工作狂，患了名利的飢渴症，而有「過勞死」的文明病。

現代人內心掏空，人生美好僅能向外求取，一者在投靠攀援間，痛失尊嚴，二者又流落街頭，決戰人間，此一求取而來的權勢名利是靠不住的，佛說緣起性空，名利權勢因外緣而起現，終究無自性，反而迫使自己的才氣，淪為工具跟利器，而不能「志於學」的修成正果，也不能「立於禮」的在體制規範中去擔當道義，更難期「知天命」的實現理想與貞定生命。

由是而言，從自然物而言，我們要減損物欲，從社會人而言，我們要解消心結，從人文心而言，我們要敞開性靈，此落在儒學教養，就是「克己復禮為仁」，仁心自覺，當家作主，可以知言，也可以養氣，克己而養氣，復禮而知言，盡心知性且知天，身心靈三層次各得安頓；落在道家教養，「無聽之以耳，而聽之以心；無聽之以心，而聽之以氣」，也是由形身進至心理，再朗現性靈的生命三層次，只是儒家重在德性心的創造貞定，道家重在虛靜心的觀照靈動，當代兒童讀經與成人講經，理念在此，方向也在此。

——二〇〇二年六月一日《新講臺》（九年一貫國中版）第四期

請來華山　讀經論道

華山是五嶽名山，山間靈氣氤氳，正是修行人清修的道場。講堂號稱華山，意謂講學無異修行，而解讀經典，如同道場講習，人文教養而化成天下，正是藏之名山，傳諸其人的盛德大業。

創辦人林琦敏先生，出身鄉土，書香傳家而家學有成。成長歷程沒有玩具陪伴，卻在古籍誦讀間，讓經典進駐心靈，讓義理透入生命。童年天真少年浪漫，皆在書本間優游自得，一步一腳印，人生路坎坷難行，卻一路穩健走過來，回首來時路，竟是在天經地義中，感受天大地大，也追尋天長地久的成長路。

從形軀生命來說，人來自地下，也回歸塵土；從精神生命來說，人從天地來，也還歸天地。人在經典中長大，也當返求經典，人在社會中創業，也當回饋社會，「全國電子」事業有成，也當取之於社會，用之於社會。人在天地間，一者要頂天立地，二者要來去自如，也就是要有開天闢地的大氣魄，也要有天地間來去自如的大智慧。

天地在那裡？就在文化傳統的經典古籍中，那是幾千年來無數中國人，世代相傳而生命交會的薪傳寶藏。我們的理想王國，我們的智慧殿堂，我們的情意世界，我們的美夢城邦，都在古聖先賢的字字珠璣中，串連而成一條閃亮的珠鍊。這是我們文化的能源，是我們道德的動力，也是我們生命的方向。

我們要為時代把脈，為文化傳薪，為鄉土扎根，為人間開路，為歷史做見證，為新生代負起責任。在價值迷離而生命流落的世代，我們要從根本做起，從經典讀起，讓人性覺醒，讓人心復活，讓人間和諧美好，讓人物挺立尊嚴，讓狂飆年代有了扭轉貞定的藥石妙方，讓未來遠景有了開創實現的源頭活水。

但願在都會的一角，能與經典同在，與聖賢同行，有如西嶽華山，永遠在中國文化的土地上屹立不搖。我們衷心盼望，可以為痴迷、熱狂，而歸於冷酷的世道人心，給出光照熱力，也為冷漠疏離，有如過客旁觀的人間街頭，注入慈心悲願，喚起真情實感；為住家大廈，為公寓社區，為鄉土市鎮，發出善意，也朗現美感，讓人人看到前景希望。

在華山講堂孕育而生的鄉土情與文化心，自我期許要為成長的下一代留下一片乾淨土，請把修行交給自己，把功德留給天下人。

——二〇〇三年八月十九日《中央日報》

身心靈的現代安頓

從人之自然物、社會人與人文心的三重身分，來省思身心靈三層次的生命自我，在現代社會的存在情境中，要如何去獲致安頓的問題。自然物的「身」，是形氣物欲，形氣限定而物欲束縛；社會人的「心」，是心知情累，心知執著而情累牽引；人文心的「靈」，是性靈明覺，卻性靈斷隔而明覺封閉。

現代街頭的人文景觀與生命情態，以「忙茫盲」三個字眼，來加以描述，最得神韻。自然物的形身，是忙碌不堪；社會人的心理，是茫然不定；而人文心的性靈，則是盲昧不明。此已逼顯出當前身心靈三層次的生命病痛。

從形身而言，為生活打拚，已跡近工作狂，沒有人敢休假，因為你停工歇息，你就輸掉了，此其後遺症是厭食與失眠，說是沒有時間，也沒有心情，當代人竟失去了吃得下及睡得著的兩大本能。從心理而言，人我互動而天下爭逐，親情友誼與道義，是人間美好，也是心頭重擔；名利權勢，固是榮耀風光，也帶來負累傷痛，若看不開放不下，即有如飢渴症，永遠匱乏，也永遠恐慌，此其負作用，則是心理的躁鬱，搖擺在自大與自卑之間，自我悲憐轉成被迫害妄想症，時或自我膨脹，以為自己是超人強者，擁有神通法力，或寄望奇蹟靈驗，此等同靈異團，無以超離生命內在的苦悶與空虛。

而整體看來，忙碌不堪來自茫然不定，而茫然不定源於盲昧不明。性靈未開啟，明覺未啟動，生命盲昧不明，天光沒有透顯，而困在幽暗中，因為失去了形而上的動源，生命的價值未有伸展的空間，精神的天地被壓縮，只剩下人間街頭的奔競紛擾，而看不到前景，心理也就茫然不定，老在原地打轉，漂泊無依，而不知歸程何處。此時心頭浮現的大問號，是為誰辛苦為誰忙，形身忙碌，因疲累而厭倦，竟至不堪承受的過勞邊緣，存在的基礎已全面動搖。

忙碌不堪從茫然不定來，而茫然不定從盲昧不明來，故敞開性靈，朗現最後的真情，與最高的理想，生命有了終極的認同與歸屬，理想貞定方向，情意開發熱力，不會迷失在人間街頭，也不會受困於無力感的無奈中，如是，心理的厭倦與形身的疲累，也就可以破解於無形了。從知我其天，而心安理得；再從心安理得，而安身立命，身心靈三層次，已匯歸一體而各得安頓。

——二〇〇二年十一月五日《中央日報》

身心靈的平衡與成長

身心失衡與靈的無處安頓

當前臺灣社會，流行說「酷」，且以「酷」為帥，而帥就是魅力，甚至是擋不住的魅力，此一轉折實值玩味。

「酷」的本質是「冷」，把真情冰封，把真相凍結，一副旁觀者或異鄉人的模樣，我不在乎，我可以不要，我隨時可以走開，這樣我的心就不會被牽絆住，不必承受壓力，也不用擔負責任，更不會傷感挫折了。

實則，「酷」就是心的疏離，情的冷感，因為真心真情的愛與理想，老在人間飄零散落，你愛別人你就輸了，又愛又怕受傷害，把心抽離，讓情冷凍，似乎就可以遠離愛怨情愁了。

問題是，沒了情沒了愛，心空盪盪的，有如孤魂野鬼般，在人間流動，那是沒有靈魂的軀殼，那是沒有希望也沒有前景的人生行程，活著又有何意義！

不過，此情此景可不是憑空而起，而是五十年來的忙、茫、盲逼出來的，沒完沒了的忙碌，漂泊不定的茫然，與永難突破的盲點，串連成臺灣社會的特有景觀，臺灣人追尋現代化的富有繁榮，相信要拚才會贏，財富、權力的奔競爭逐，成了臺灣生命力的象徵。而政客、財團與黑道，拼湊成鼎立而三的共犯結構，速成狂飆、炒作抓狂，自然生態與人文環保，同遭汙染破壞，滾滾土石流向大地反撲，顛覆文明街頭，暴發集團的連鎖大業，在不景氣的周轉失靈之下，終歸是一場落空的夢，跳票成了骨牌效應，股票也逼近崩盤邊緣，財富一夕間大幅縮小，堪稱白忙一場，而青山綠水的美麗寶島，再也回不來了，回首來時路不覺茫然，展望未來，臺灣的地位未定，昔日臺海兩岸的骨肉離散是戰亂逃難，今日太平洋兩岸的候鳥生涯則是自我放逐，在不確定的年代，流落在美加、紐澳間，何止茫然無奈，且是不知歸根何處的存在盲點。

忙、茫、盲的沉重歲月，長壓心頭，反應在身體上的是失眠症與厭食症，痛失了吃得下睡得著的天生本能，且出現了精神官能的躁鬱症，在成敗得失的心理壓力下，以自我膨脹與自我悲憐，來取得補償與平衡，而在心靈上則普遍的感受到苦悶、空虛，與焦慮、窒息。身、心、靈同時受了創傷。

以是之故，官方民間皆存在著無力感，而無力感的出路，卻是力的崇拜，當財力、權力也靠不住之際，神力應運而生，分身發功與蓮座庇佑的新興宗教，直如雨後春筍般，在民間鄉土冒出來，且在都會街頭流行，試圖拯救身心靈受創的無依遊魂。實則，神祕教派的不二法門，就在牽引自我悲憐的弱者，走向自我膨脹的狂妄之路。以為自己有了符咒，有了法器，就可以有神通法力，有如黑金官商的連線特權一般，可以過關斬將，如入無人之境，還不是像吞食安非他命、類固醇般，製造迷幻感覺與假相的雄壯，那僅是逃避，甚或造成身心的傷害，反而掉落在更深層的心靈絕望中。

在身心靈同時受創的當代社會，投靠新興教派固是迷幻，把心情冰封凍結則是冷酷，迷幻製造假相，冷酷掩蓋真情，僅是形式有異，實質上都在逃避。比較健康而合理的思考，當在幾千年的哲學智慧中，去挖掘寶藏、開發資源，來引領存在迷失價值錯亂的現代人，找回身心靈的平衡，在心平氣和中安身立命，心靈有了終極的歸屬認同，此身就不會流落漂泊了。

儒家思想的修養成長

中國本土哲學，用身心二分來架構人生的存在格局。人有心有物，人心落在人物上，且活在人世間。依儒家的說法，「仁也者，人也」，人之所以為人在人有仁心，會不安不忍的心，此是「天生德於予」的德性心，或「此天之所予我者」的良知善端，德性心可以「下學而上達」，善端良知可以「盡心知性以知天」，德性良心直通天道天理，此是「知我者其天乎」與「上下與天地同流」的聖賢境界。

問題在，人有心有物，心是大體，物是小體，仁義禮智的四端良知是大體，耳目官能的感覺作用是小體，大小體的區分，在「心之官則思」，而「耳目之官不思」，思是自我的反思與自我的照明，故君子以仁義禮智為性，而以耳目官能為命，大體是性，小體是命，心是性，而身是命。這是儒家最為莊嚴的存在抉擇。孔子說：「不知命，無以為君子也。」孟子則說：「殀壽不貳，修身以俟之，所以立命也。」知命立命，皆以仁心來主導化成，以「吾心之所不容已」的仁心，來教化此身「不得已」的氣命。

不過，安身源自安心，立命本在立心，仁者安仁而欲仁仁至，求其放心而先立其大，此修心養性有必然的保證，因為「求則得之」、「求在我者也」。仁心在不安不忍中呈現，仁心呈現就是生命覺醒，而在生命覺醒時自我呼喚，而永遠保有清醒，這就是「我欲仁，斯仁至矣」的自覺，再落實於「克己復禮為仁」中實踐，「非禮勿視，非禮勿聽，非禮勿言，非禮勿動」，仁心當家作主，而發為行動，克己是消極，養氣則走向積極，復禮或許保守，而知言則評斷天下大是大非。仁心自我呈現，自我覺醒，也自作主宰，且以心知言，以心養氣，身心統合而同步成長，理直氣壯，且氣壯山河了。

道德人格的完成，是身心充分的開拓與成長。當孔子說：「七十而從心所欲，不踰矩」的時候，心不必克己，也不用復禮，身心可以一體放下；當孟子說：「上下與天地同流」的時候，心不必知言，也不用養氣，身心可以一體放下。此時，「靈」已然顯現，而終得安頓。

道家思想的修養成長

本來，儒、道兩家的哲學，僅有身、心二分的義理格局，靈歸屬於心，故心靈連稱，在兩家思想系統中，並未有靈魂的觀念，傳統有陽魄陰魂之說，皆屬氣的層次，而與身連結。故身心靈三分的理念架構，是外來宗教傳入。不過，我們有天道、心性與形氣的三層區分，形氣是身，心性是心，而靈當歸屬在天人感應與合一的時候顯現。且心亦不當是心理學上那感受性的情識，而當是有創造性的心性。

莊子說：「吾生也有涯，而知也無涯。」人物的有限性，一在成形，二在形化，而人心會起執著的作用，心知執著成形，而有是非之分，心知執著形化，而有死生之別。是非死生的分別與比較，構成了人間的複雜性。故身心纏結的困擾難題在，年命在身有盡，而心思逐物無邊，所以莊子說：「以有涯隨無涯，殆已……」身心已同歸沉落。

老子說：「吾所以有大患者，為吾有身，及吾無身，吾有何患！」所謂有身，即心知執著自身的高貴，也背負自身的榮耀，迫使自身衝上街頭打天下。此由執著心分別心，而有比較心得失心，搶天下的光環，卻掉落在患得患失的無邊大患中。只有把自身放下來，心不再執著，大患才會離身而去。且「名與身孰親，身與貨孰多」，名利是身外物，為了追逐身外物，卻失落自身，豈不是愚昧！此是心知牽累了形氣。故老子說：「心使氣曰強。」又說：「專氣致柔。」心介入干擾氣，氣失落自然的平靜，迫使自己去做強者，此是心知的自困自苦，故老子要求心知退出，不介入干擾，讓氣回歸氣的本身，氣只是氣，就可以回歸柔和了。原來，身出問題，是因為心出問題。無心才能無身而身心俱泯，同歸自然美好。

莊子更進一步，把「子之愛親」，說是「不可解於心」的「命」，我們是父母生成，一生愛父母親，而這一發自內心的愛，是不可解的命，此外又將「臣之事君」的人間責任，說是「無所逃於天地間」的「義」，原來愛也是命，而無所逃也等同不可解，只能安之若命了。愛是命，義也是命，既是命，不可解也無須解，無所逃也不必逃了，或許，不求解也不想逃，身心同時得到釋放，而可以超離困苦了。

莊子說「坐忘」工夫，重點在「離形去知」，心身纏結，心執著身，同時失去了自在自得的空間。修養工夫從「身」言，是離形；從「心」言，是去知；而二者不可分，在離形中去知，在去知中離形，身心同時解套，不再纏結，從牽累困苦中釋放，就可以同於大通了。再看「心齋」工夫，「無聽之以耳，而聽之以心；無聽之以心，而聽之以氣。……氣也者，虛而待物者也。唯道集虛，虛者心齋也。」此中二階段的工夫次第，也是三層次的修養進階。

聽之以耳是身的層次，聽之以心是心的層次，聽之以氣則是靈的層次。用耳聽會向外追逐而一去不回頭，用心聽會起執著，身心纏結而自困自苦。聽之以氣，是無心觀照，身心同時獲得釋放。無聽之以耳是離形，無聽之以心是去知，而聽之以氣則已同於大通，正是「遊乎天地之一氣」，在自我釋放中釋放萬物，且在自我解消中融入萬物，所以說：「天地與我並生，萬物與我為一。」所謂的坐忘，就是當下放下一切，也擁有一切，道就在虛靜觀照中開顯，何以可以忘了一切，因為一切都有了，都在了，道已開顯，人間還有什麼不能放下的，重點不在忘，而在道，在道的開顯中放下一切，也擁有一切，這就是身心靈同時放下，也同時成長，而終得安頓的境界。

提得起與放得下

當前社會，人人在痴迷熱狂中歸於冷酷，也在牽累困苦中走向逃避之路，甚至在委屈悲壯間步上決絕之境。大家流落街頭，而無家可歸。身心靈失去平衡，也不得安頓。「靈」轉向神祕處尋求依靠，以求身心的解放自在。

實則，這個人世間沒有法櫃奇兵，也不可能天降神兵，我們僅能依靠終極警探，與捍衛戰警，來維護人間正義。問題是，捍衛戰警是嚴格訓練出來的，而有緊急應變的精采演出，終極警探是責任感加上理想性，而推上高峰的。今天，我們僅能依據儒家的修養與道家的工夫，身心靈的痴狂困苦，由道家的智慧來化解，身心靈的安頓成長，則由儒家的理想來完成。

形身物欲甚至才氣，是一個實然的存在，從心靈的成長安頓來看，它可能是負累，儒家消極的做「克己」與「寡欲」的工夫，積極的做「復禮為仁」與「養氣知言」的工夫，轉負累而為擔當，知言把握道義，養氣承擔道義，身心交會成就了知者不惑與勇者不懼的道德人格。鐵肩擔道義而浩然正氣長存。

道家的心靈，不同於儒家，它不是創造性的心，而是感受性的心，萬象闖入心中，會起執著陷溺，心執著物，心陷溺物，此為情識，有如佛門要「轉識成智」，道家要做的是「致虛守靜」與「心齋坐忘」的工夫，無掉執著，避開陷溺，心虛靜空靈，感受性的成心，轉化而為觀照性的道心，身已離形，心已去知，不僅不會身心纏結而同歸困苦，反而生發觀照的妙用，讓身心的真相真心，在觀照中朗現，在釋放解套中，從自困自苦走向自在自得。

有了儒家的修養，身心靈同步成長，人就不必自我膨脹，而可以「仁者安仁」；有了道家的工夫，身心靈得到了安頓，人就不必自我悲憐，而可以「道法自然」。儒家擔得起，道家放得下，二者微妙的結合，而產生了生命人格的平衡與成長。

人生的存在處境在心在物中，人生的生命困局在心執著物。身心靈的安頓與成長，從儒家說，「才」經由向「學」而長久，「氣」通過立「志」而崇高，且克己養氣與復禮知言的身心交會，讓生命發光發熱，而一體成長，當「仁者安仁」之時，靈也得到安頓；從道家說，義無所逃，命不可解，無所逃也不必逃，不可解也無須解，青春權勢藏不住，那就不要藏，有如庖丁解牛般，看似解牛，實則解自己，刀刃無厚，牛節有間，人生自能遊刃有餘，給別人空間，就是給自己留下餘地，原來人我之間是一起放下，而同時得到釋放的，那身心靈豈不是一起得到安頓了嗎？

——一九九八年十二月《國魂》

用什麼眼看人生

人活一生要有人生觀，而人生觀的依據則在世界觀。人生觀不僅是對人生的觀點，而更根本的說法是要有看到人生的眼光，世界觀也不能停留在對世界的觀點，而更源頭的思考是要有看到世界的眼光。

少年用肉眼看，中年用心眼看，老年用天眼看

所謂的「觀」，就是「看到」的意思，看到人生看到世界。而看到什麼，決定性的關鍵在用什麼眼光看。此一眼光的分異，依人生三階段來說，少年用肉眼看，中年用心眼看，老年用天眼看。所謂「代溝」，就在依據不同的眼光去看人生看世界而形成，且此一不同，實蘊涵價值的分別，與境界的高下。

少年人用肉眼看世界，只要我喜歡，有什麼不可以。問題在，喜歡只是當下的感覺，跟著感覺走，還會有什麼遠景；

甚至，只在乎曾經擁有，不在乎天長地久，那更是「我倆沒有明天」的宣告。

少年人最重大的使命，是代表整個家族成長，有了新生代的長成，中生代、老生代儘管在歲月中老去，才不會形成人生的傷痛與世間的絕望。而所謂的長成，不僅是長大長成，更重要的是長久，在世代薪傳中的長久。

深一層的看到，是用「心眼」來看。中年人走離少年人的淺薄近視，用心眼看人生看世界，看得比較深比較遠，深謀遠慮，避開生命血氣的立即反應，卻多了一點算計權謀。且中年人已失去了青春的光采，亮麗不再，逐鹿問鼎不會在人人皆有的青春魅力，而在你有我就沒有的權勢光環上，所以，看人生看世界就此掉落在「勢利眼」的框架中。近視老花都可以配戴眼鏡，調整焦距，唯獨勢利眼是隱形的，堪稱矯正無門，僅能跟師父修行，慈心悲願做善事，戴功德眼鏡來扭轉救治了。

心眼或許看得深遠，卻有後遺症，會把利害得失深藏心底，滑轉而為「小心眼」跟「死心眼」。小心眼是把世界看小了，死心眼則把人生看死了，心中有萬萬情，卻同時逼出千千結，每一個情，打一個結，有如綁粽子一般，掛在半空中，成了生命中無可承受的重。且愛會變質為恨，恩會扭曲為怨，恨我們所愛的人，怨對我們有恩的人，情人間竟也唱出「你是我心中永遠的痛」的變調走音，最愛最痛，人間相愛的人彼此傷害最深，所有人生正面的美好，都被它所拖帶出來的負作用打散打垮，何止白忙一場，根本痛悔一生！哀樂中年，事業攀登高峰，說是壯年，實已更年，好日子不多了，那分急切感與輸不起的悲壯心態，會讓中年人一方面在老的已老，小的還小的境遇中，挺身而出砥柱中流；另一方面卻在名利爭逐權勢奔競的過程中，因悲壯而決絕，成了負面教材，當真是成也他，敗也他，好由他來，不好也由他來。

最上一層的看到，是用「天眼」來看。老年人越過了少年的淺視肉眼，也跳開了中年的勢利心眼；退休了，退出權力圈名利場，小心眼、死心眼已然消散，心中放下利害得失，返老還童。老花是老天爺有意安排，衰老了，無力承擔了，又何必看得那麼精細明確？人生總有一天會離開人世間，還有什麼想不開放不下的？老人家像霧裡看花一樣，保持現況的模糊，不也是年高德劭的養生之道嗎？把青春留給孫兒女，把事業傳給兒媳，在世代傳承間，一切美好依舊在，不多也不少。這個時節，由衰退而退休，由退休而休閒，再由休閒走向閒散，做一個散人，在人間散步，這叫散心，散心的人就是散仙，民間鄉土說是散散如神仙。

人生的意義，不在結局，而在過程

這兒透露了一個生命的重大訊息，人從那裡來，又回到那裡去，老年忘掉一切，有如回歸童年的天真無憂。人生的意義，不在結局，而在過程，你用什麼眼光看，你就看到了什麼，你沒有人生觀、世界觀，那你就什麼也沒看到，那人活一生，豈非白走一趟嗎？你沒有可以觀的眼光，那世界是荒涼，而人生不免貧乏。

少年人身上閃現的是青春亮麗，故直以傳神放電的肉眼看世界人生；中年人心中執著的是名利權勢，故直以一決高下的心眼看世界人生；老年人身上失落了青春亮麗，心中也遠離了名利權勢，反而返璞歸真，直以「本來無一物」的天眼看世界人生，自然呈現了「何處惹塵埃」的生命化境了。

或許，這是老天爺的恩典，在人生的最後巡禮，讓你看到了世界的真相與人間的真情，真相本具真理，而真情無礙真人。人生終究要走過青春亮麗，放下權勢名利，老天爺才恢復了你的天眼，讓你看到真相真理，朗現真人真情，當真死而無憾了。

不過，人生真的要等到老年才能看到真相，朗現真情嗎？少年人注定淺薄嗎？中年人注定勢利嗎？那豈非老天爺開了一個絕大的玩笑，「夕陽無限好，只是近黃昏」嗎？答案當然不是，實則，天眼不是天上掉下來，而有待人生的修行涵養。

不論少年、中年或老年，都得修心養性，立志向學，且克己復禮，甚至養氣知言；就不會老在少年淺薄、中年勢利、老年想不開的輪迴中打轉，而盡心盡性，用良心善性來看世界，過人生，就是天眼般照現真相與朗現真情了。

——一九九九年九月《中央月刊》

士性格在當代的失落

人有心有氣，心跟天一體，氣與物無別，人為萬物之一，就在同受形氣物欲的困限，人為萬物之靈，就在獨具心靈性理的覺醒。

人是心物的綜合體，一半是天，一半是物，人生的處境就好像藏身在上天與下物的升降梯間起落浮沉；人生的困惑也老在心靈與物欲的對話間擺盪游移。物欲無明而心靈明覺，會批判自己，也會逼自己做出抉擇，人生的路，可以是「形而上者謂之道」，也可以是「形而下者謂之器」，心靈覺醒可以主導形氣物欲，靈覺的往上走天道的路；若心靈昏昧則放任形氣物欲，有如脫韁野馬般，痴迷的往下走器物的路。

孔子說：「士志於道。」又說：「君子不器。」人生的進路，可以修道，也可以成器。問題在，號稱知識分子的「士」階層，要承擔為天下人開路的重任，不能僅成就自己的專精專長。故云：「士不可以不弘毅，任重而道遠。仁以為己任，不亦重乎，死而後已，不亦遠乎！」士要有天下的擔負，也要有一生的堅持。

放眼當代，大學校園培養出來的知識分子，循例頒發學「士」學位，卻少了以天下為己任的理想抱負與心胸氣度，反而以專技專業傲視群倫，並自我標榜。主流熱門端在高薪的前景，而不在天下事的直下擔當，此所以養成的是工作的「器」，而失落了做人的「道」。大學生心中無道，無理想性無使命感，所有的專精專業，器用成匠而已！

儘管當前的大學教育，在各系所的專業領域之外，也著重所謂的通識課程。不過，重心依舊在「器」的擴充，而不在「道」的存養，也就是理工醫農選修幾門趣味性的人文課程，而文法商管也選修幾門導覽式的自然課程，皆走馬看花，船過水無痕，雖增廣了見聞，卻開拓不出直道而行的源頭活水。前幾年流行一時的「EQ管理」課程，即有如中小學的公民課，重在知識的講授，而無力於品格的教養，本質上仍是IQ，而不是EQ，仍屬「技」藝，而非關「道」理。

老子說：「為學日益，為道日損。」為學每天求其增益，為道卻每天求其減損，減損了心知情識的執著陷溺，擺脫了形氣物欲的干擾狂亂，人生可以更上層樓，形而上的擔當天下的重任，而不會僅形而下的成就自家的專長，唯有「士志於道」的自覺，才可能開創「道之以德」的志業，而實現「天下有道」的理想。

——二〇〇三年七月八日《中央日報》

孔子在那裡

孔子在那裡？或許有人說就在孔廟大成殿，千古安立的雕像裡；或許有人說在國父紀念館「永遠的孔子」的文物展出中；或許有人說藏在《論語》一書師生對話的字裡行間。

問題在，孔廟已列名勝古蹟，而雕像僅供瞻仰禮拜；歷史文物再多方搜集，也僅是坐等研究的史料素材；《論語》當然是首要的經典，長久以來已被束之高閣。如是，孔子又能在那裡？

祭孔還是大典，每年都有八佾舞的演出，過了那一天弦歌不再，孔廟終歸寂靜冷清。遊客來去，觀看建築風格與古蹟年代而已！保存的文物與史料的出土，也可以在海峽兩岸，甚至華人地區巡迴展出，在後代子孫的心中，塑造孔子的人格形象，不過那終究是已成過去的歷史人物。

《論語》編入了中國文化基本教材，列為大學聯考國文科的應考範圍，看似風光，實則引生反感。師生教學落在支離破碎的辭意語法上，下「五選一」的工夫，而沒有時間更沒有心思，去理解體會《論語》的靈動義理。是則，經典的誦讀已不再深入人心，不再是人人生命中的定盤針，而成了考試苦讀的沉重負擔，孔子就此轉型為新生代的歷史包袱。

試看，文化版專欄簡介「永遠的孔子」，對孔子自我表述的心路歷程，從「志於學」到「而立」的生命成長，從「不惑」而「知天命」的志業開創，從「耳順」再「從心所欲」的理想極成，這一系列每十年就有重大突破的修養進境，卻說是孔子一生坎坷流落的無奈結局，此做出了相當唯物的解釋，看似回歸歷史情境，實則抹殺了孔子自我實現與自我超越的心靈願景。

「志於學」是「不學詩，無以言；不學禮，無以立」，所學的是詩書禮樂的三代傳承；「而立」是「興於詩，立於禮，成於樂」的人格養成，而立身於人間社會的理序體制中。「不惑」是仁者愛人，且「仁者安仁」，仁心可以安身立命，可以安「心的自己」，愛人的心不會掉落在「愛之欲其生，惡之欲其死，既欲其生，又欲其死」之自我矛盾的生命大惑中；「知天命」是將人間的榮耀與志業的高峰，還歸天命的成全，而為「耳順」預留放下的空間。「耳順」是從天理的流行，對人間萬象給出真切的同情，與無限的包容；「從心所欲，不踰矩」則是心靈的自由，已與道德的規範，一體同行，此是人生修養的最高境界。

孔子在那裡？就在每一世代中國人的心裡，全球華人都要把孔子活出來。讓孔子活在源遠流長的歷史長河中，而後我們才能理直氣壯的宣告：我們是儒教的國度！

孔廟不只是古色古香，孔子不只是古聖先師，他才會是「永遠的孔子」。

——二〇〇二年九月三日《中央日報》

從孔家來

《論語》有一則儒門與隱者的對話，三言兩語，看似簡單素樸，實則深刻豐富。

孔門大弟子子路，夜宿石門，翌日清晨，邁開大步走出城門。這時藏身在看守城門的隱者，一眼看到子路的英雄氣概，深受吸引，一時之間忘了自我隱藏的身分，衝口而出，問道：「先生何處來？」你看到了別人，也等同被別人看到，子路知道眼前是另一家派的高人，不敢等閒回應，當下捨離世俗問候，為了表達敬意，對等的釋放出生命走向的訊息，答道：「從孔家來。」而這位清晨打開城門的隱者，也立即做出了志士相知英雄相惜的回應，說道：「是明明知道事實不可能，還要堅持理想奮力向前的那個人嗎？」

生命對話，甫在天地間展開，而人間情節卻匆匆收場。子路還得追隨孔子，行道人間，而晨門依舊藏身城門一角，不問世事。萍水相逢，頓成知己，心靈交會，而天各一方，沒有流連，也沒有遺憾，一個守得住，一個走得開，真的是你記得也好，最好把我忘記，無須帶走一片雲彩。

這是《論語》中最精采最動人的一則故事，原來，生命的美好，就在每一當下互發的光亮。雖說人間緣會不定，而世事生滅無常，然發自真性情的生命火花，卻長留天地間。

今天，兩岸中國人已前進世界各地，正開拓華人的精神天地。或許出現在學術文化會議與歌劇樂舞演出的現場，或許坐上三通直航與經貿交流的談判桌間，不論何年何月，只要有緣會面，彼此致意，要有隱者晨門的真性情，問道：「奚自？」也要有儒門子路的豪傑氣，答道：「自孔氏。」笑談間會心相知，不都在「知其不可而為之」的儒門教養下長成的中國人嗎？

不說從臺北來，也不說從北京來，而說從孔家來，避開政治國籍的兩岸分離，而轉出文化國籍的兩岸一統，統在道統，而不在政統，孔廟聖教永遠超拔在歷朝各代的王室君權之上，不管那一位大皇帝，都要祭天祭孔，他們的牌位永遠進不了孔廟殿堂。

在兩岸間行走，若不回歸中國人的「道」，兩岸直通的橋梁，要安放在那裡，架構在何處？不必老在一中話題纏繞，大家「自孔氏」，也就「天下有道」了。

——二〇〇二年七月九日《中央日報》

人道勝境擎天崗

在臺灣鄉土與臺北街頭行走，有一塊乾淨土，兼有人文氣息與自然風光之美，那就是座落在陽明山國家公園的擎天崗。

記得在華岡求學與教書的十五年間，從未有閒情逸致上陽明山公園賞花。尤其花季期間，對華岡人而言，淡淡的三月天，根本是一場災難。賞花人潮湧向山上美景，我們卻反其道而行，逃回人間塵囂。在我們的感覺裡，每逢週末假日，陽明公園的花團錦簇，等同臺北的十里紅塵，而臺北鬧區的難得清靜，卻無異是陽明公園的夏日清涼。總在花季過後，才三五好友走在殘花落葉間，去尋覓一點山間獨有的空靈。

其間，友朋品茶論道，幾回說起擎天崗，無不神采飛揚，說是人間勝境，課後業餘總往那兒走，且要流連半天。甚至說，擎天崗地氣很強，是塊天然的磁場，不論清晨或黃昏，在那兒打坐，會有神奇的感應，連石頭都帶有那麼一點隨大地修行的靈性。不過，最後讓我心動想去一觀究竟的理由，卻是那兒有人間隱退而還歸自然的耕牛。

我出身農業重鎮的西螺鄉土，又黏又香的濁水米，是我們代代傳承的榮光。成長路上，最為好奇也最有感情的是早出晚歸的耕牛。吾家無農地，錯失跟耕牛做成家人的那分鄉土情，不過，寒暑假跟哥哥到鄉下姑媽家玩，有如紮營團訓，根本就住在牛柵的隔壁，除了氣味相投之外，起居作息也同在並行。儘管沒有牽牛騎牛的身段福分，總要亦步亦趨，伴隨一旁，看牠眼神溫馴，反芻咀嚼，似乎回味無窮，年少心靈也會存有一分敬意。

這二十幾年來，在臺灣鄉土南北縱走，最大的失落是田園鄉土再也看不到耕牛的身影，犁田負重的是鐵牛。感覺上不僅失去了伴隨成長的朋友，甚至是少了親人呵護般的傷感。田園鄉土少了耕牛，也失去了那分氣定神閒的韻味。

在學生的引領陪伴下，有了一段落日黃昏的擎天崗之旅。夕陽餘暉中，有淡淡的雲，也有薄薄的雨，來此偷閒的道友，三三兩兩斜躺或蹲坐在山坡草坪上，遠望著在山谷跟水邊行走的牛群，那裡是告老隱退的耕牛，在天地自然的庇蔭下，已綿延成一群又一群的牛的家族。大大小小隨隊前行，有在泥地翻滾的，有隨興啃草的，那麼安詳自在，這才是牛的家鄉啊！

擎天一柱擎天崗，為臺灣鄉土立起人道主義的標竿，不僅給出了耕牛可以回歸自然的自在空間，也開拓了人也可以回歸自然的逍遙天地，而這就是最富有人文氣息的人間勝境啊！

——二〇〇二年七月三十日《中央日報》

休閒美感自家尋

休閒生活何處尋，一在人生行程表上的休假，二在心靈世界裡的閒情。有時間上的「休」，加上心情裡的「閒」，二者的交會，就給出休閒生活的空間。

問題在，時間上的「休」，來自心情裡的「閒」。倘若人生行程表擠滿了名利權勢之逐鹿問鼎的演出戲碼，屬於散步散心、茶藝茶道的休閒空間，當然被擠壓而告萎縮，「休」與「閒」堪稱兩頭落空。

所以，休閒生活不在有沒有假期的問題，而在你要不要給出假期的問題。所謂的「偷得浮生半日閒」，與「將謂偷閒學少年」，「閒」不在世界的某一角落，而在自家的心情。你不能往山之巔水之涯去尋求，人生百年是屬於每一個人的天年，「吾生也有涯」的生涯規劃，在工作與休閒間，在功名利祿與情意美感間，價值天平的兩端，到底要以何者為重，這不能依靠客觀架構的安排，而有待主體心靈的抉擇。

老子抛出一個問題，是「吾日三省吾身」的道家版：

名與身孰親，身與貨孰多，得與亡孰病？

在自身生命與天下名利之間，何者可親，又何者為重？得了身外物的名利，而痛失了自身的生命，請問何者讓人憂心？所謂的「偷閒學少年」、「偷得半日閒」，不可能奔向天下街頭去爭取，唯有回歸自家心情去取得了。

且學少年的童心童真，童話童趣，何止是半日閒而已，根本是一生歲月的與「閒」同在，與「閒」同行。只要心中不那麼執著，不那麼想不開，把本來規劃給「打天下」的時間行程，還歸自身的家居日常，「閒」情就此降臨，被擠掉的生活品味，自然再現。說是「偷」閒，問「偷」自何處？答從自家心情釋放而出，故等同自己放自己的假。

「吾生也有涯」的生涯規劃，最大的挑戰在「而知也無涯」的複雜繁瑣，我們想要的想抓住的太多了，「日出而作，日入而息」的常軌被打亂了，甚至「夜以繼日」的隨波逐流而去，閒情也就有如神話，休假轉成了遙遠的夢想，生命掉落在「行盡如馳，莫之能止」的無奈中，休閒天地就此消散遠離。

莊子說人生的困局在「以有涯隨無涯」，並給出「殆已」的價值評斷，以有限的生命歲月，去追逐無止盡的心知想望。那不僅是事實的不可能，更是價值的不值得，因為生命自我或許短暫有限，而分分秒秒、點點滴滴，卻總是真實而美好；人間街頭看似機遇無限，卻是虛妄的假相，終究幻化成空。莊子既做出「殆已」的評斷，生命理當有一大覺醒大翻轉，不再「隨」熱門主流滾下去，不再流落天涯，而把自家心靈「空」出來，給自己空間，也給自己假期，是則，「閒情」根本是「心上種來心上開」，何須「偷得」，根本就自在自得。

——二〇〇二年十月一日《中央日報》

藏絢爛於平淡

所謂隱者，是從人間名利場與權力圈中隱退，不要名不要利，更不要名利所從來的權勢。因為人人執迷熱狂，我可以不要，凸顯清高，也朗現美感。儘管「自隱無名為務」，人生修行在隱姓埋名，而姓從祖宗來，名是父母給的，故等同涵藏家世的聲望與自身的光采。不料，卻極其弔詭的反而顯姓揚名。

試看，《論語》裡頭出現的隱者人物，晨門、接輿、荷蓧丈人、長沮、桀溺等，均僅現行誼，而未見姓名。到了《韓非子》所批判的智士與高士，由於避開名利遠離權勢，不僅清高，更顯智慧。再經兩漢獨尊儒術與獎勵氣節的歷史轉折，讀書人不走隱退的路，而直與朝廷對抗決裂，卒形成黨錮之禍。

此一風尚，轉入魏晉，知識分子散居山林田野，不再與權勢對決，而更深進一層，心中無權貴。狷者乃最大的狂，傲視群倫，隱退者竟名滿天下，聲望凌駕在朝廷權貴之上，遂為王族權門所不容。這一由自隱無名而轉為名滿天下的自我異化，可以作為古往今來以清流自許者的一面歷史明鏡！

陶淵明也是不為五斗米折腰的魏晉人物，仕宦生涯遠離自然，形成他精神的鄉愁，在「田園將蕪胡不歸」的召喚下，歸田園居。不過，田園耕讀依舊「結廬在人境」，竟可以「而無車馬喧」，關鍵就在「問君何能爾，心遠地自偏」。故歸隱不在此身退出人間，而在心靈虛靜，照現自然，紅塵人間何處不是田園鄉土。

陶淵明由仕而隱，孔明卻由隱而仕，「明」是道家心靈的虛靜明照。「自知者明」而「知常曰明」，心虛靜如鏡，可以照現人物真情，與人間真相，自知可以知常，不出戶可以知天下，不窺牖可以見天道，此所以孔明躬耕南陽，高臥隆中，在三顧茅廬的敦請之下，一出山即底定三國鼎立之局。

陶淵明彰顯自知之明，孔明朗現知常之明，前者化絢爛為平淡，後者藏絢爛於平淡，根柢都在「無」的智慧。在一切可以不要，一切可以放下的時節，卻神奇的發現一切都回來了，一切都「有」了，這是道家「有生於無」的實現原理。

今天，我們立身在都市文明與工商榮景間，田園鄉土已在崩解中，所謂歸隱，已成不可能；反而要以孔明的明，來護持陶淵明的明，藏絢爛於平淡之中，心中藏有鄉土情懷，在工商都會行走，也可以有田園居的一分素樸純真了！

——二〇〇二年七月二十三日《中央日報》

現代街頭簡樸心

我們每個人都是從現代街頭走過來，來到這兒都是簡樸心，這個世界是境隨心轉的，我們的心一簡樸，整個世界就變成乾淨土，在此週末黃昏，我把這份簡樸帶來，希望在現代街頭看到一個新的臺灣鄉土。

現代街頭是人間、天下，簡樸心是自我，人生命的主導就是心靈，真正的我是我的這分心，現代街頭是我們存活的世界，每個人都活在現在、活在人間的街頭。紅塵滾滾古今皆然，名利權勢歷代皆有，顯然它是一個道場，而這顆心就像修行人一樣。我們只能通過現代街頭、天下人間，而仍保有簡樸，修成正果，卻無法希望現代街頭永遠像民間鄉土那麼素樸厚重，簡單精純。且將我們的鄉土情懷帶到人間街頭，讓人人保有天真的心境，在剎那生滅、世事無常之中來去自如。

諸法皆空、自由自在

這兩日臺灣政局有重大變化，臺灣省被凍了，李總統給宋省長的臨別贈言「諸法皆空、自由自在」突然成了臺灣鄉土流行的一句話。這是從佛門義理出來的意境很高的話，可惜臺灣社會泛政治化，大家都用政治論述來解釋，這句話變得很酷。我認為李總統這句話是真心的，他做了這麼多事，再一年多就要下臺，他一定感受到這樣的衝擊。人從絢爛歸於平淡的關鍵時刻，最能看出這個人的涵養，人生智慧不是什麼時候投進去，而是什麼時候退出來，退是最大的智慧。依我的解讀，他是真心勸勉宋省長，而這樣的勸勉恐怕也包括對他自己。

紅塵滾滾，看來是有它致命的吸引力，在裡面的人是看不開、看不透、看不破的，只有在大起大落、重大抉擇的時候，屬於生命深處，走過一生全程的重大體悟才會出現，我們希望簡樸心能出來，在現代街頭生滅無常中覺悟，悟空、悟諸法皆空，透過這樣的覺悟來存全簡樸心。

現代街頭究竟是什麼樣的街頭？我們每天身歷其境來去行走，每個人都有自己的觀察、感受、與體驗。我們不要說太多批判性的話，儘管我們還是蠻感傷、蠻擔憂的，臺灣的未來在那裡？我們怎樣擁有我們的一片天？這才是我們每個人最放在心裡的思考——如何疼惜自己、疼惜臺灣。

臺灣社會是什麼樣的社會？臺灣街頭是什麼樣的街頭？最簡單的一句話「好像是迷失方向，失落意義的現代街頭」。候鳥都是成群南北飛行，不可思議就有些落單的孤鳥，突然失去了方向感，流落天涯。再者不曉得價值意義何在，臺灣現代街頭看起來很有活力，狂飆、炒作、熱力四射，報導新聞都叫「火線新聞」，什麼都講尖端，什麼都講火爆。事實上已走離每一個人真實的自我，迎向一個被炒作出來的迷幻街頭，我們怎樣走過來，怎樣擁有自己，必須很用心思考與成全。

監牢就在自己的心裡

記得三十幾年前，我師大畢業回家鄉西螺教書，每個週末電視放映好萊塢影集《功夫》，臺港兩地拍的影片內涵都不如，這對一個讀中國經典、人文思想的人衝擊非常之大。它是講少林寺出身的男主角回美國尋根，整個故事情節都在新大陸展開，但整個生命的教養，包括他的功夫都是在少林寺培養出來的。眼看他打遍天下無敵手，而整個故事都在告訴你，他怎麼能夠穿過那樣的考驗，那永遠維繫他生命人格的教養，支持他在新大陸的尋根之旅。我記得裡面有一句盲眼師父告訴他的、很重要的話：「你以為你被關在監牢裡嗎？事實上監牢在你的心裡。」不管是否狂飆炒作、大家迷失了方向、失落了價值意義，整個反省，我認為不要針對病痛說話，而是要通過病痛的癥結，事實上那是從我們的心裡映照出來的，監牢在我們心裡，心裡有監牢，整個街頭都是監牢。

今天我們對現代街頭描述性的話，會走向評價性的話，我希望不要有太多評價。這就是我們的鄉土、我們的街頭，我們就是一分子，不要給出太嚴厲的批判，好像臺灣就如股票市場跌到谷底一樣。因此朝比較中性、哲學性地來反省，整個臺灣街頭的問題癥結還不是在你的心嗎？通過莊子來反省就叫「知也無涯」，《莊子・養生主》開宗明義「生也有涯，知也無涯」，自我是有限的，人只是一個人，人生只能活這一生，一去不回頭，所以說「生也有涯」。莊子說此生有限為的是要逼出「知也無涯」，生命短暫，而你想要的那麼多，「知也無涯」就是現代街頭，看起來什麼都有，而大家什麼都想要，就產生很大的衝突。不光是人我之間，而且是自己內心在掙扎——你到底要什麼？要這個還是要那個？先當兵還是先念研究所？先結婚或先出國？你都想要卻必須做個抉擇，整個難題就在「知也無涯」。「知也無涯」不要當學海無涯來解釋，而將「以有涯隨無涯，殆已」解成反正書永遠讀不完，結論是那就不要念了。道家的知和佛教的知都是指涉我們心中所執著、想要的，「知也無涯」是說我們想要的太多了。

爭逐排名失落天真

《莊子．人間世》說「德蕩乎名，知出乎爭」，心中的執著出於要與人比高下，爭先後，包括讀書、學位。本來多讀點書有點進展是要成就每一個人的，而現在我們卻用來打敗別人，天下有這麼沒智慧的人嗎？兒女念大學、研究所了，回到鄉下，爸媽說什麼，他就說：「反正你們不知道，你們又沒念大學。」聽了真叫人想哭，所以這個叫「知出乎爭」。「德蕩乎名」，「德」在道家指的是童年、天真，每個人與生俱來都有「德」，都很天真。「蕩」是流蕩、流失，「名」即排名、排行、排場。我們的知是要跟人對抗的，莊子下定義：「知也者，爭之器也」——知是跟別人爭的利器，「名也者，相軋也」——相軋是互相傾軋。心知的產物是名號，名是虛構的、炒作出來的，大家就為這虛名把真實的一生投進去，而痛失美好的一生。現代街頭熱鬧有餘，但看起來沒什麼內涵，整個社會什麼都有，但品質是很差的。就因為現代街頭所經營、炒作的是虛幻的，如何從「知也無涯」的困局走出來，就成了很重大的人生起點。現代人喜歡講「強人」、「女強人」、「超人」，要打天下，「天下」是什麼？天下是空的，白天街上擠滿了人潮，半夜三點你出來看，才知道什麼叫「諸法皆空」，強人、超人打天下，最後會發現「同是天涯淪落人」，在過程中還會牽累別人、拖垮自己，此即謂「德蕩乎名」。

今天要說誰對自己一生的現在處境與未來前景很樂觀，我相信並不多。莊子有一個很好的描述，說每一個人都是「遊於羿之彀中」，人生就在神射手射箭的靶心內遊，「中央者，中地也」，靶心是必中之地，你在現代街頭就是名利權勢比來比去，爭先搶先排名排場，想逃都逃不掉。整個人間街頭就是后羿射箭的靶心，「然而不中者，命也」，假使不被射中，那算你命大，少有不受傷的人，所以幾乎每個人都有傷痛、挫折、委屈、難堪，我覺得這是莊子對人世間絕大的同情。

透過此來看現代街頭，據我了解，大臺北地區的人都期望有住宅、別墅「兩家」，再來是「兩岸」，本指臺海兩岸，現在是太平洋兩岸，另一個家在美國、加拿大或澳洲、紐西蘭。我們又希望一天當兩天用，有日間、夜間，學生白天在學校，晚上在補習班上課。並且一個人化為兩人身，現代女性既是家庭主婦又是職業婦女。一人有兩份工作，追求雙薪、多角經營、連鎖店、跨國公司、跨越世紀……我不認為這叫成長，我認為這叫自我膨脹，最近財團危機都是這樣來的。

以經典作為人生的精神支柱

人人身上應有一部經典，用經典來看現代街頭，用經典的智慧來維繫簡樸心，否則沒有永久的、不會壞掉的東西作為精神支柱，人生就變得無依無靠。我們真正可以依靠的就是經典，無論是《聖經》、佛經、《道德經》、《南華真經》、四書五經等，總要有一部經典來觀人生來看世界。今天我就是透過莊子的《南華真經》來看，如何走過現代街頭仍能維持簡樸的心靈。

《莊子．山木》一開始有個寓言故事，說莊子帶著學生去遊學，走過一個山頭，巧遇工匠領袖也帶著學生，路邊有一棵樹蔭可遮蔽幾千頭馬在此避熱的大樹，但木匠領袖走過去卻不回頭。莊子覺得驚異，立刻請教何以不屑一顧，他說只要看它這麼大就知道沒有用，如果有用早就被砍了，不可能長這麼大。莊子就跟弟子說這棵樹是因為無用而保全了自身，故養生之道在無用。那天傍晚到了山下，在朋友家落腳，朋友立刻叫童子殺一隻鵝款待嘉賓，童子問兩隻鵝一隻會叫一隻不會叫，殺那一隻？主人說殺不會叫的。次日啟程學生問莊子大樹因無用得以保命，鵝因無用被殺，如果是你會怎麼反應？莊子回道：「周將處夫材與不材之間」，莊子的師生戲論事實上已萌生難題，真的鵝會叫就不會被殺？剩下一隻，莊子下個月又來呢？情境轉換，如果主人早上恰巧被鵝叫聲吵醒，一定是殺會叫的那隻。

「無」掉世俗的用，成就自己的用

可見人世間山中木、主人鵝有用無用是沒有保證的，現代街頭我們必定面臨抉擇，何謂「材與不材之間」，我認為莊子的意思是「材與不材之上」，之間是戲答。

《莊子・人間世》也藉神社的樹自我剖白：「予求無所可用久矣，幾死，乃今得之」，不追求熱門、時髦、新潮、尖端，要「無」掉世俗的用才能夠成就自己的用，而自己的用才是大用。我們可能迷失在紅塵滾滾中，三十年風水輪流轉，我不在乎社會的冷門、熱門，自己喜歡的就是我的熱門，就是我一生要走的路，「無」掉世俗的用才能找回自己的用。

現代街頭是個道場，簡樸心是個修行人，一定要通過考驗，才能不迷失在看起來多元、開放的社會。我不認為什麼都有、什麼都可能，即使有，那是別人的。我永遠只能做我自己，只能用我的速度跑在我自己的跑道上，不可能多角、連鎖、跨公司，不必自我中心、自我膨脹。只要做一個疼惜自己、忠於自己的人，不必跟別人證明什麼。每個人回到自己的用，則人人都有用，人人都有用的現代街頭，才能讓每個人發揮其專才，追求他的喜歡，一生都在走他自己的路。而不是一窩蜂擠熱門、窄門，很多人被排擠出去，流落天涯。只有超越、跳開社會的有用無用，才能找到屬於自己的用，回到自己。這番莊子的寓言智慧，我認為可以穿越現代街頭，走出自己的路。

其次是《莊子》「罔兩問景」，故事主角是影子的影子問影子，何以行止無常起坐不定，「何其無特操與」，影子無常，受苦受難的是影子的影子，所以它提出抗議。影子說你別怪我，我是有所待才如此，影隨形而動，亦不由自主。又說你也別怪我的主人（形），我的主人也是有所待，不由自主才如此，通過形體也無法了解為什麼如此、為什麼不如此的道理。另一個莊子沒說，但依其系統來理解，那就是真君，真正作主的是我們的心，心決定形體，形體帶動影子，影子再拖帶出它的影子。莊子的意思是說很多人都變成人家影子的影子，社會的影子的影子，如果要了解這段話，可將形體比做大戶，影子是小戶，罔兩是散戶，散戶最可憐都被套牢，散戶跟小戶走，小戶跟大戶走，大戶跟誰走呢？是否有無形的手？國家的金融政策、財經政策或經濟實力與工作團隊，這才是「決定性」，道聽塗說做不了準，中共導彈演習，臺灣股價無量下跌，顯然很多人對臺灣沒信心。這是我們的臺灣、我們的鄉土，我們要回到簡樸，恢復自信，從影之影回到影子，從影子回到形體，而從形體回到我們的心靈，真正作主的是心，否則形體在人間沒有價值意義。我的心帶著我的身體在人間走動，我知道我是誰，知道我想要什麼，我在走自己的路，就不會在十里紅塵、人間街頭，追逐人家的影子。

解開人間街頭實在「自我消解」

〈養生主〉中有名的「庖丁解牛」，含意深奧，是人生哲學也是美學原理。管廚房的人最重要的材料是牛羊豬雞鴨鵝之類，一般我們說屠羊宰牛，但莊子說解牛。事實上牛體就是現代街頭，結構十分複雜，而庖丁用的刀刃是真君心靈，即「德蕩乎名」那個天真。人一定要通過人間世界，就好像簡樸心要穿越現代街頭，才經得起考驗。庖丁在文惠君之前展示解牛過程，是通過音樂的節奏與舞蹈的動作，牛沒有痛苦、流血，像塵埃飄落大地，是一種藝術美感的演出。君王肯定讚美其技藝，庖丁抗議，謂其所追求為道，早已越過技藝的層次。原來穿越人間世並非技術問題，庖丁解其心路歷程說一般人解牛是用刀砍斷骨頭，刀會斷折，用刀切割筋肉，刀鋒會捲曲傷損，因此有人一個月、有人三個月、有人一年就要換一把刀，而他那把刀十九年了仍像新的一樣。這把刀是每個人的精神自我，牛體是人間世界，穿越人間街頭，我還是我，永遠那麼天真、美好，沒有挫折。如何可能？他的原理在：刀刃沒有厚度，牛體結構有空隙，人間街頭看似複雜，其實有空隙，如果我沒有自己，刀鋒便能通過縫隙把牛體解開，不砍不切不對社會宣戰，人間的窄門糾結都可以解開。

現在的社會新聞，親人間互相傷害，不光夫妻、男女朋友，還有父子、母女，代表人與人已經太忙太累，疲累產生厭棄、委屈、悲壯，而走向決絕，連親情都在決戰，那就是沒有解。如何穿過人生關卡，是「解」開它，而解開牛體的原理在解開自己，自己「無厚度」才能通過牛體結構，監牢在我們心裡，我們要把心有千千結那個「結」解開，境隨心轉，解開自己，才能釋放別人，這樣的「解」，莊子謂之「心齋」——心中做齋戒的工夫。通過親情之「命」與土地國家認同之「義」兩大難關，心中虛靜，人生素樸、簡單，愛父母、認同土地。「虛室生白」，那白即是道，心中有道才能像〈大宗師〉裡所謂「相造乎水者，穿池而養給」、「相忘乎江湖」、「相忘乎道術」。

現代街頭漂泊無依的現狀叫「坐馳」——人在這兒心不在這兒，歸屬這個家但心不在這個家。我們要讓它變成「坐忘」，但不是當下壓抑、硬讓他忘，而是先做

「心齋」的工夫。譬如戒煙，為家人疼惜自己，放進愛與責任，以最大滿足的「道」來取代當前的喜歡。有「道」乃能忘，這道就顯現在親情、友情，有情有義、有根有土上頭。

當少了名利權勢、痴迷狂勢時，便與「道」愈接近，《莊子‧應帝王》意謂「因應無心即帝王之德」，他真正的意思是說當你無心你就是帝王，皇帝最有權有勢自由自在，在道家修養「心齋」、「坐忘」以後，你就像帝王、神仙一般。當「道」臨現，什麼都可以放下，什麼都可以忘記，迷幻世界現代街頭即成人間淨土，可望回到五十年一路走來質樸厚重的臺灣鄉土。扭轉乾坤的源頭，就在簡單清純的心。（吳月蕙整理）

——一九九九年三月二十日《中央日報》

論王維、李白與陶淵明的隱逸之道

近日偶讀《盛唐禪宗文化與詩佛王維》，寫盛唐文化的禪學開展，與詩禪一體的王維詩作，禪學是哲理，而王維號稱詩佛，與詩聖杜甫、詩仙李白齊名，儼然是儒、道、佛三大教在文學殿堂的鼎足而三。

作者以思想史的角度切入，顯現文史哲不分家的傳統功力，再通過當代的理念思考，為盛唐禪學的時代精神，與詩佛王維的文學心靈，架構一道橋樑，讓我們穿越禪學高峰的大唐盛世，而進入王維禪趣與詩韻融會的心靈境界。

依作者的觀察，在屈原流放悲歌與陶淵明掛冠求去的仕隱兩難間，王維獨顯亦仕亦隱的相得相忘；再從藝術創作的嚴肅目的與閒散心態的擺盪間，陶淵明的歸隱田園，與謝靈運的狂遊山水，皆割捨了嚴肅目的，而嚮往閒散自由；王維卻可以將崇高目的與閒散意態，消融於「道心」之中。此外，作者也比較了陶淵明的道家田園之「閒」，李白的道教神仙之

「逸」，與王維的禪學體道之「空」，不僅各擅勝場，且在作者的慧眼獨具之下，王維的「空」，已淩駕在「閒」與「逸」之上，說陶淵明「晨興理荒穢，戴月荷鋤歸」的月照是「見山是山」，李白「舉杯邀明月，對影成三人」的月照是「見山不是山」，而王維「深林人不知，明月來相照」的月照是「見山祇是山」，此引據青原惟信禪師的修行三關，已有了境界高下的分判。依作者貫串全書的詮釋理路，凡此皆由王維悟道修禪的生命開發而來。

王維以「隱吏」自許，吏是走入仕途，而隱是辭官歸隱，仕隱進退之間總要做一存在的抉擇，是走儒家「人文化成」的路，還是道家「回歸自然」的路，二者不可兼得，形成了傳統讀書人的遺憾；而王維的修佛禪慧，消解了仕與隱的本質衝突，不在自我隱退與天下負累的兩極間擺盪，走的是在仕中隱的道路，擺脫了「仕隱兩苦悶」的壓力，由自悟而「仕隱兩相得」，再由回歸而「仕隱兩相忘」，他心靈悟得的與生命回歸的，都是「道」，有了道，不僅苦悶消解，且可以相得而相忘了。

作者分析王維的生命進程，從早年「強學干名利」的入世之隱，到「中歲頗好道」的避世之隱，再升進「無往而不適」的得道之隱，不管是入世或避世，要能隱得住，總要有道行，沒了「道」，不僅藏不住，且忘不了，也放不開，那能亦仕亦隱，非仕非隱，由相得而相忘呢！

在中國文化傳統，所有的「隱」，都是隱於「道」，在道中修行，在道中自我隱藏，且所有的「隱」，都預留了出仕的空間，從隱於山水田園的「自然之隱」，到隱於自己心靈境界的「隱之自然」，都給出了平治天下的心靈空間。

實則，孔孟儒家的「無可無不可」、「禹稷顏子，易地則皆然」的聖之時，老莊道家的「道常無為而無不為」、「無用之用，是為大用」的有無玄同，與佛門禪宗的「應無所住而生其心」、「自性迷即是眾生，自性覺即是佛」的自性成佛，皆已系統完足的解消仕與隱的兩難矛盾。不論是儒家的道，道家的道，或佛門的道，通通都是道。而道是終極原理，最後的真情與最高的真理，都在道心中朗現。既是最高的，當然也是最後的，不必再流落天涯去尋尋覓覓，可以安身立命，可以歸根復命，也可以立地成佛。道已臨現，可以當下即是，也可以所在皆是，隱於道，因為道是一切，一切都有了，一切也就可以放下，所以隱得住，也走得開。

莊子一者說「坐忘」，二者又說「人相忘乎道術」，坐忘就是跳開無窮無盡的工夫歷程，當下放下一切，當下擁有一切，重點在「道」，不在「忘」，有了道，所以一切可以放下，禪宗頓悟之說，與莊子「坐忘」工夫，前後呼應，大有異曲同工之妙。且禪門修行三關，亦從莊子「庖丁解牛」的三部曲消化而來，「所見無非牛」、「未嘗見全牛」、「以神遇牛」，正是見牛是牛，見牛不是牛，見牛祇是牛的生命進程，與「見山是山」、「見山不是山」、「見山祇是山」，頗有前後傳承的薪傳軌跡。

作者判定禪宗的自性成佛，是真正中國的佛教，給人成佛的希望，此說大有見地，因為禪宗消化了老莊的智慧，既隱於道，「隱」不再是精神的避難所，而直是精神的樂園。不過，王維的禪悅之「空」，不必高於陶淵明的田園之「閒」，與李白的神仙之「逸」，不如說王維通過他的禪修禪慧，把道的閒情，仙的逸氣，從田園山水間，帶回人間街頭，將天大地大，還歸家常日常，此當是禪門出世間的入世精神。

此外，值得深思的是，對於「隱」的傳統，李白有「聖代無隱者」的讚頌之詞，謂聖人在位，人間就不會有退隱的人；王維卻由「卻嫌陶令去官遲」的嘆惋，轉向「一慚之不忍，而終身慚」的貶抑之論，批判陶淵明不能忍一時的委屈，而誤了終身的志業，隱已不止是士大夫的一時之憾，根本是士大夫的終身之痛了。王維在此有了「離身而返屈其身，知名空而返不避其名」的大徹大悟，等同「生死即涅槃」、「煩惱即菩提」的人間版，在「屈其身」、「不避其名」的生死煩惱間，去修得並證成「離身」、「知名空」的涅槃菩提。如是，大隱隱市朝，且日日是好日了。

王維詩句：「山河天眼裡，世界法身中。」有天眼般的觀照，自會有法身般的照現，禪慧的悟境與詩心的化境，交會而成「寂照」般重造宇宙的美感意境。詩禪一體的王維，除了無心無住，無染無著之外，更給出了「行到水窮處，坐看雲起時」的自在空間，「坐看」如同「坐忘」，堪稱妙用無窮，就在當下，忘了一切也看到一切，在主體觀照中照現萬物，在照現萬物中重造宇宙，王維詩篇所透顯而出的，皆是宇宙重造的境界。

《論語．微子》與《莊子．人間世》，皆有隱者人物接輿狂歌笑孔丘的記載。前者謂：「鳳兮，鳳兮，何德之衰！」說孔子本是天上高飛的鳳鳥，何以竟成人間汙染的烏鴉；後者謂：「鳳兮，鳳兮，何如德之衰也！」轉言高潔如鳳鳥的孔子，又其奈世衰何！德衰不指涉孔子，而指涉塵垢的世間。相較之下，似乎《莊子．人間世》的說法，比諸孔門弟子的記載，更能體現孔子的生命，此一現象，給出深入思考與耐人尋味的空間。

本來，隱者是狷，「狂者進取，狷者有所不為」，隱者接輿而號稱楚狂，狂在何處？世俗民間人人想要的，我都可以不要，此立即顯現隱藏心中的狂者意態，故隱者的狂，寄託在孔子的身上，孔子世間第一人，而隱者竟可以「鳳兮，鳳兮，何德之衰」的高歌諷刺，或「何如德之衰」的狂放嘆惋。此外，拒絕回答子路問津的長沮、桀溺，更批判孔子：「四體不勤，五穀不分，孰為夫子！」狂傲之氣再也隱藏不住，直沖而出。此所以李白的隱，「我本楚狂人」乃是最大的狂，天下人搶名利權勢，我棄之如敝屣，隱者的本質，實則是狂，頗有「唯我獨尊」的氣勢，除非心中有道，《莊子．大宗師》云：「與其譽堯而非桀也，不如兩忘而化其道」，是非兩忘，生死一如，而在道中安身立命，休養生息。若生死可以放下，仕隱當然可以放下，而隱者藏諸胸中的狂，也可以解消。不見得只有禪修禪慧，才可以造就王維的「仕隱兩相忘」，老莊「無」的虛靜觀照，亦可以引領陶淵明「復歸於樸」了。甚至，從王維的田園詩凸顯的是理境，而陶淵明的田園詩卻回歸生活來看，陶淵明的詩是更鄉土更中國的。

——二〇〇〇年六月五日《中國時報》

有利從無用來

太上老君開講論道，一者謂道不可言說，二者謂道一體兩面，既是「無」又是「有」，好「玄」噢。不過，這可是妙用無窮的智慧！

《老子・十一章》云：「三十輻共一轂，當其無，有車之用；埏埴以為器，當其無，有器之用；鑿戶牖以為室，當其無，有室之用。故有之以為利，無之以為用。」此章詮表「無」跟「有」的兩大理念，用以彰顯道體的兩面向。

它的殊勝在，回歸家常日用的生活經驗中，去體會天道生成萬物的實現原理。分別就座車、器皿與室屋的構成與作用，先進行分析，再做歸納。問座車之所以能前進運行，是因為三十根車輻，共成一個車轂的車輪，其輪心中空，才能插入共同的車軸，而帶動兩輪同步前行；再看陶藝創作，揉捻黏土所做成的茶碗花瓶，所以能品茶插花，就是因為它的中間是空的，茶香花色才有容身的空間；室屋的建造，總要開窗立門，且其中得預留寬廣的空間，才可以人來人往，作為住家居室，或講堂課室。三者之有車之用、有器之用與有室之用，原理就在「當其無」，原來一切「有」的用，都由它的「無」的體而來。

所以，三者歸納統合，共同的生成原理在，一切「有」的實利，皆從「無」的虛用來。時至今日，「利用」已成日常用語，似已一體不可分，實則，老子的哲學思考，利是定用，而用是妙用，實利定用，依虛無妙用而顯現。

此如同各行各業，有專才專精，有專業專家，這是「有之以為利」，不過，總要有理想性與使命感，有涵養有智慧，才不會被自己的專利所遮蔽，反而要無掉專精的傲慢與專家的盲點，才能靈活運轉，把專才專業發揮到極致。

衡諸當前，朝野黨團與立法行政部門，皆有如座車之兩輪，一定要同步前進，讓行政不會空轉，議事不會癱瘓，公權力不會跌停，公信力不會崩盤，總原理就在，要把自身「無」掉，放下退讓，給對方餘地，也給自己空間，命運共同體的「有」，才得以存全。「無之以為用」，則「有之以為利」，兩輪圓心中空，容受一體的車軸，同步轉動推進，這樣臺灣鄉土才有前瞻性的遠景。若不此之圖，上海浦東正在起飛，而臺北東區卻已停擺，這會是新的臺灣經驗嗎？

——二〇〇二年十二月三日《中央日報》

心如乾坤袋

流傳民間的神怪小說，在鄉土野臺戲演出，有所謂的「仙拚仙，害死猴齊天」的俚語傳誦。神仙由修行而來，而反映道行功力卻在神通。神通廣大，具體而微在煉出仙丹法寶。仙丹濟世救人，而法寶祭出，就是仙拚仙的把戲上演。來自名山祕洞的仙怪雲集，但見法寶滿天飛，有如人造衛星發射升空，比拚總有結果，不管是團隊火拚，還是獨家單挑，也不論是淘汰賽，還是循環賽，反正高下分判之時，仙班序列就得重新洗牌。

由於人身難得，飛禽走獸千年修行，就在修得人身，白素貞與法海的人間鬥法，最是膾炙人口。儘管在修行路上，白蛇凌空吞食了月光下蟾蜍精以五百年功力凝聚而成的明珠，《白蛇傳》劇情的起伏轉折，就在法海為自己討回公道的人間行旅，白蛇鍾情人間，反為法海的法寶所制，終被禁閉在雷峰塔下。不過法海硬是拆散了人間情侶與母子天倫，悖離親情倫常，就此傷了天下有情人的心。他一生的道行法力，似乎未修成正果，他渡不了自身，又那能渡眾生！

仙界法寶大賽，各顯神通，倘若如同人間慶典煙火竄升勁爆，光采耀眼，那是最為上乘之作；倘若如同長短程飛彈在天空交錯，呼嘯狂飆，那可真是害死普天之下自在逍遙的猴齊天了。

此中，有一法寶中最大的法寶，神通中最妙的神通，號稱乾坤袋。這是人間最高道行的最後法寶，不管天空中有多少神通法寶正在鬥法，只要乾坤袋一出，全數法寶盡入袋中。

神怪深山修行，所體現證成的，正是太上老君無有玄妙的道。老子云：「道沖而用之或不盈，淵兮似萬物之宗。」道體沖虛是「無」，生發無窮妙用是「有」，如同深淵般，把自身空出來，而容受萬物，讓鳥獸蟲魚與花草樹木，在此生息養成，所以它是萬物生命所從來的宗主。道體以其本身的「無」，來包容萬物的「有」，這樣的又無又有是「玄」，而生養萬物則是「妙」。

乾坤袋根本就是道體的化身，有如「天府」奧藏，莊子說：「注焉而不滿，酌焉而不竭。」天上的府庫，是無形也無限，水不斷的注入，它不會盈滿，水不斷的倒出，它也不會枯竭。乾坤袋的神通法力，就在它可以無限的包容，也可以永不止息的給出。

人生而為人，已成人身，就此忘了修行，反而不如白娘娘與法海了，修行在心上做，致虛守靜，拋開名利權勢，遠離塵垢汙染，而回歸虛靈。此心空闊無邊，如同乾坤袋，可以容受天下人的善意，也可以給出自家的真情，而你永遠不用擔心，它會塞滿或掏空。

——二〇〇二年八月二十日《中央日報》

不同不是不對

人生最大的傲慢，就在把價值標準定在自己的身上；人生最大的偏見，就在把跟自身「不同」的存在樣態，一概判為「不對」，這是老莊思想最凸顯的生命洞見。

《老子》開宗明義：「道可道，非常道；名可名，非常名。」你走出自己的道路，就擁有自己的名分。問題在，人生的道路，倘若可以通過心知執著與人為造作去言說、去引導的話，就不再是開放給每一個人的人生道路了；生命的內涵，假如可以經由心知執著與人為造作去規定、去責求的話，就不再是歸屬於每一個人的生命內涵了。問「常道」何處展開，就在每一個人都走出了自己想走的人生道路；問「常名」何時朗現，就在每一個人都活出了自己想要的生命內涵。

老莊道家的根本用心，不在建構，而在解構。人生價值除了知識的真之外，就是道德的善，與藝術的美。《老子》云：「天下皆知美之為美，斯惡已；皆知善之為善，斯不善已！」知的主體在心，而本質是執，故知美知善，不是客觀的認知，而是主觀的執著。作為生命主體的「心」，會起「知」的作用，依自家出身的種族膚色、信仰教義、鄉土禮俗與學術專業等，去執著人間美善的價值標準，把本來人我對等、人人不同的相對價值，推向絕對化，自我中心且自我膨脹，中央我為準，且責求天下人都要符合吾心執著的價值標準。凡是不符合我所規定的美之所以成為美，與善之所以成為善的內涵要件，通通判定為不善不美。

實則，不同的種族膚色，黑白人種之間，各有「本自具足」的美，不同的信仰教義，耶教佛門之間，各有「一以貫之」的善。所謂開放的社會與多元的價值，就是讓不同的鄉土禮俗，各「是」自己的「是」；不同的學術專業，各「然」自己的「然」，道並行而不相悖。吾人所追尋的常道就在此展開，吾心所嚮往的常名就在此朗現，人人皆美，家家皆善，人間再無遺憾，也再無傷痛。

未料，心知的執著與人為的造作，卻在各色人種，與各大教信仰之間，把本來僅屬描述性的不同的美不同的善，簡化而為評價性的不美不善。這一惡質的扭曲，把「非我族類」與「異教徒」妖魔化，種族歧視與宗教迫害，在此找到了合理化的空間；把跟自家不同的人種，跟自家不同的信仰，貶抑流放到不美不善的邊陲荒地，甚至視同叛徒，判為邪教。

這樣的戲碼，正在當今世界的政治舞臺一一演出。海峽兩岸，父子兩代，夫婦兩性間，最嚴重的傷害就在把「不同」說成「不對」；只有回歸每一個人自家的「對」，大家的「對」才有「和而不同」的存活空間。

——二〇〇二年八月六日《中央日報》

柔弱勝剛強

記得陳水扁總統就任之初，引據了《老子》「柔弱勝剛強」的千古名言，期勉自己在兩岸互動間，能以臺灣的柔弱，對應大陸的剛強。

道家思想與儒家義理的根本歧異在，儒學的善，是從自然天地走出來，而去創建人文社會；道家的真，卻從人文社會退出，而回歸自然天地，相對之下，儒學進取，凸顯積極開創的理想；道家退讓，保有消極化解的智慧。

儒家仁義內聖，聖智外王，道家則絕仁棄義，絕聖棄智。儒學有心有為，道家無心無為，有心有為是為剛強，無心無為是為柔弱。在道家的思考中，有心是心知的執著，有為是人為的造作，有執著就有分別，有比較就有得失，且患得患失，而得失皆患，此所以有心有為，是自我的負累，也是天下人的傷痛，不如無心無為，無掉心知的執著，無掉人為的造作，無執著也無分別，無比較也無得失，就不會掉落在患得患失的驚恐中。既解開自我的武裝，也卸下了天下的重擔。

心知的執著是困，人為的造作是苦，有心有為是自困自苦，無掉心知的執著是脫困，無掉人為的造作是離苦，無心自在，無為自得。自困自苦與自在自得間，是人生路的重大抉擇，何者殊勝，依道家的存在決斷，當然要守柔居弱，才是脫離困苦的生命大智慧。

「柔弱勝剛強」，並不在人我之間的對壘，給出如何獲勝的策略運用，說我柔弱，可以破解對方的剛強；而是人人回歸生命自我，做一普遍性的價值評估，說人生的走向，守住柔弱的無心無為，遠勝於追逐剛強的有心有為。

此所以，臺灣的守柔居弱，不是用以打敗大陸的剛強霸氣，而是臺灣的自我反思，在兩岸互動間，出以柔軟的身段，比擺出強悍的姿態，會更有開闊的空間。因為，「無為而無不為」，少一點意識形態，多一點文化心靈，兩岸各自放下身段，尊重對等，所謂民族感情，自然萌生湧現，否則，你悲壯剛強，我委屈也剛強，你蘇愷，我幻象，你潛水艇，我神盾艦，你人民幣，我新臺幣，落花流水春去也，經濟成長通通化為殺傷利器，而瞄準自家人自家土地，民族大義安在？

陳水扁總統樂道「柔弱勝剛強」，在自我的惕厲之餘，也應是向對岸發出真心的呼喚，與善意的邀請，以太上老君的教言，作為互動的根柢。不是柔弱總勝剛強，而是柔弱才是真正的剛強。此所以《老子》說：「守柔曰強。」又說：「自勝者強。」兩岸領導人要克制自身急促的意圖，而給出共同的空間，也為後代子孫預留願景餘地吧！

——二〇〇二年七月十六日《中央日報》

回歸民間禮俗

在走向現代化的路上，由於「西學為用」的迫切感，使得「中學為體」被虛位化，整個教育體系完全落在「西學為體」的主導中，「中學為用」已被遺忘，而告邊緣化，人格教養與人文化成，就此付諸闕如，此所以德先生與賽先生等貴客，已被請入國門將近百年之久，卻難以賓至如歸，體制不受尊重，理性未見抬頭，只因為民主科學擔負不起人文教養的重任。

孔子云：「志於道，據於德，依於仁，游於藝。」儒門教義，道路由德行而開拓，德行依仁心而實踐，而仁心的根本，則在藝文的園地裡長成，所謂「藝」，依孔子所云：「興於詩，立於禮，成於樂。」禮制禮教，與詩歌、舞樂結合，寓教於樂，詩歌興發心志理想，禮制挺立人格尊嚴，音樂則藏教化於無形，引導生命直入化境。

儒學儒教「游於藝」的人文傳統，散在民間禮俗的藝文活動中，游是無心而自然，藝文樂舞之美，要超離在道德之善的莊嚴，與知識之真的理性之上，給出寬廣而自在的空間。「學而時習之」，不是知識性的講習，而是藝術美感的修習。

舊時鄉土，有北管、南管的聚會清唱，有西螺七崁的拜師學藝，有說書、有講道，整個存在的氛圍，不離忠孝節義的大傳統。在這樣的情境下長大，自然鄉土情深，童少青春，不會叛逆疏離，也就不會迷失沉落。

記得有一回在兩岸現代化的學術會議期間，被安排與上海市教育局負責人座談，說：「我們重視人文教育，學生都得修習馬列主義的課程，課餘並前往車站、醫院，甚至進入社區家庭去勞動服務！」實地去照顧病人或老人，當然值得肯定，但修習馬列主義的政治思想教育，又與人格教育何干！所以我挺身發言：「應該修習論孟、老莊，與人文教養才有本質上的相應啊！」

日前回西螺鄉土掃墓，適逢大橋開通五十周年慶典，又值大甲媽進香團過境，皆屬民間禮俗的藝文活動，對鄉土子弟而言，均有情意與理想的教化作用。問題在，政治人物充斥其間，而陣頭爭鋒無異角頭角力，政教混合而黑金擋道，不知媽祖看在眼中，心裡會做何感想！

總要民間回歸民間，禮俗回歸禮俗，才是「游於藝」吧！

——二〇〇三年四月十五日《中央日報》

照破妖惡 現出原形

中國傳統神怪小說，神仙道行具體而微的象徵，就在展現神通法力的「法寶」上，除了「乾坤袋」的無限奧藏之外，還有「照妖鏡」的照現原形。

此一修行練功的理論依據，就在道家思想的生成原理。儒家的生人救人，是在天理流行而良心呈現的創造；而道家的生人救人，卻在道法自然而心靈虛靜的觀照。創造是我把我最好的給他，觀照是我看到他的最好。

而所謂的「看到」，卻要我忘掉我的好，我才會看到他的好，我放開我的愛，我才能成全他的愛。不然的話，我的心執著我的好，我的心痴狂我的愛，就會看不到他的好，也遮蔽了他的愛。

且不僅看不到別人的美好，反而自己在愛人的路上，自以為高貴，甚至神聖化自己，如是壯大了自己，而矮化了別人，愛人的人因而悲壯，被愛的人也大感委屈，愛就此成了災難。

人的主觀執著，會牽動親人朋友，為了回應親情友誼的呼喚邀請，只好扭曲自己，來迎合甚至討好對方。如是失去了自我的品味與風格，此其後果是，人變成不是自己，不僅沒有尊嚴與榮耀，且會不喜歡自己，甚至厭棄自己，何止是扭曲，根本已然變形。

最偏差的病態在，為了商業利益或票房收入，搞怪作怪而成了人妖，甚至，原本出於善意的父母或老師，也會為了光大門楣與明星學校的排名頭銜，而逼自己的兒女或學生，終日在升學惡補中打滾，失去了童年的天真，與青少年的浪漫。

不做男人而做人妖的迷離秀場，與想做書生反成書呆的變色校園，皆是人為造作的產物。老子說：「正復為奇，善復為妖。」本來是正道，卻出以高標準，責求天下人符合我的高標準。弱勢者無力抗拒，只好以奇變回應，仿冒作假，甚或盜版走私來提升競爭力。此一不循正道而出以奇變的回應，讓原本的善德，反成妖惡，逼天下人做不成自己的真，而去混充別人的假，這是生命品質最大的陷落。

此所以道家的心靈，要我們解消執著，不以正道自居，就不會逼別人以奇變來回應，原本的善德，才不會轉成妖惡。當吾心不執著而歸於虛靜，虛靜如鏡可以照現天下的真相真情，因為鏡子沒有自我的執著，不會給出壓力，所以每一個人在鏡子面前，不必作假，不會扭曲變形，而可以朗現自家的本來面貌。這樣的話，妖惡就會消散，此所以照妖鏡可以照破妖惡而現出原形。

神仙法寶，號稱照妖鏡，不該有破解人家修行功力的意圖，只是在神怪小說中，仙拚仙，試圖把別人出身的醜陋或幽暗照現曝光，用以擊垮對方的驕狂傲慢，這是悖離道家的生成原理。實則，照破妖惡正是無須作假，現出原形則是以真人的姿態，在人間朗現。

在當前仙拚仙的競選季節，可別挖掘人家的隱私幽暗，而當彼此照現真相真情，才符應道家虛靜觀照的生成原理。

——二〇〇二年十一月十二日《中央日報》

在沒有感覺間製造感覺

《老子》有一段話，發人深省，云：「五色令人目盲，五音令人耳聾，五味令人口爽。」（〈十二章〉）老子的論述形式，走的是「正言若反」的進路，正面的道理從反面切入，更能逼顯深層的含意。

本來，目所以視五色，耳所以聽五音，口所以品五味，耳目官能可以敏銳的感受並捕捉到萬物的本色、真音與原味，這才是正面的論述，老子卻從反面去立說，說五色、五音與五味的造作變化，過度刺激了耳目官能，讓官能在人為加工的刺激之下，漸趨遲鈍，而遲鈍更亟待刺激，而終歸於麻木。此所謂的五色、五音與五味，不再是天然的色香味，而是人為炒作的聲光效果與麻辣反應，已走離了本色、真音與原味的自然天地，故反過來迫使耳目官能失去感覺。

在沒有感覺間，人被迫的去製造感覺，迷幻大麻、安非他命，搖頭快樂的毒品藥癮，就此取代了生命的自然，人在這個世界得不到安頓，就此自我放逐的逃向另一個迷幻的世界，甚至網咖也是另類的毒品，虛擬的世界幾乎就要凌駕在真實的世界之上。

《老子》又云：「馳騁畋獵，令人心發狂；難得之貨，令人行妨。」（〈十二章〉）所謂的難得之貨，指涉的是名利權勢，天下人在人間馳騁，奔競名利，爭逐權勢，而名利權勢是占有的衝動，你有了我就沒有，彼此間相互算計，玩弄權謀，五色、五音、五味的追尋，升高到難得之貨的角逐；而目盲、耳聾、口爽的病情，也加重到心狂的崩裂，我心狂野狂亂，此由執著走向痴迷，再由痴迷轉成熱狂，最後以冷酷落幕收場。

冷酷的人，凍結了「心」的善意與柔情，只問目的而不擇手段，為了成就自己的名利權勢，可以出賣朋友，甚或犧牲親人，畋獵就是獵殺人頭，人間文明頓時成了都市叢林。

爭逐奔競，馳騁畋獵，人間成了戰場；痴迷熱狂，冷酷心亂，心也成了戰場。當代人就此流落天涯，而無家可歸。

——二〇〇二年十月二十九日《中央日報》

搶救餘食 解消贅行

據新聞報導，環保署有一突破性的措施，將臺北市各大飯店的廚餘，加工轉化為養豬的飼料，讓廢物不僅不會造成汙染，且可以廢物利用，廚餘再生。未料，此一美意的可行性，引起農委會的質疑，該廚餘可能已被汙染，唯恐爆發疫情。

依非正式估計，大臺北地區因宴客排場而倒掉的食物，可以養活臺灣比較窮困的一個縣。吾人在親人友朋的人情酬酢間，看盤盤佳餚擠滿酒席，而前來作客的貴賓，卻已停箸不動，作垂目觀心狀，人人打坐修行，始知此說並非誇大渲染。即使在經濟不景氣的今天，盛況不減，依舊奢華成習，讓人傷感。

此《老子・廿四章》云：「跂者不立，跨者不行。」人生立足大地，而行走人間，踮起腳跟想要高人一等的人，是站不穩也站不久的；而邁開大步想要超前領先的人，也是走不久也走不遠的。因為跂者跨者，皆是人為造作，反而干擾妨害了生命的自然之行，此其結果反而站不起來，也走不出去。

故云：「自見者不明，自是者不彰，自伐者無功，自矜者不長。其在道也，曰餘食贅行，物或惡之，故有道者不處。」搶盡人間光采的人，看不到別人的美好；把是非標準定在自己身上的人，不能彰顯人間正義；把功勞都歸給自己的人，反而封殺了人家對我的好感；驕矜自大的人，反而失去自我成長的空間。老子依天道自然的觀點來省思，此等自我中心且自我膨脹，自我標榜又自我炫耀的人，皆屬贅行，那是不必要的舉措，在重大時刻，忍不住多說一句話，多擺一個姿態，或多出一個動作，此有如舊時鄉土的餘食一般，讓人厭惡反感，故有道行的人，一定要避開此等不僅多餘且會引來諸多副作用的贅行。

在我童年成長的鄉土，代代相傳的勤儉美德，就在米粒絕不容許掉落地上，或流入水溝，說雷公會打人的，因為農耕農作，粒粒皆辛苦。

人世間有人匱乏挨餓，甚至在生死邊緣掙扎，而我們卻大量廚餘，不知如何處理，不僅暴殄天物，且有違天理良心；人世間有人挫折傷感，痛失尊嚴，而我們卻放縱贅行，以抹殺他人來凸顯自己，不僅無品無格，且悖離天道自然。

臺北街頭正流行餘食，而臺灣鄉土也墮入贅行中，卻不見有「惡之」的覺醒，也未逼顯「不處」的道行。樸質厚實的舊時鄉土，與清閒自在的過往歲月，真的已一去不復返了嗎？

——二〇〇二年十二月十日《中央日報》

功成身退 天之道

大象林旺過世的消息，登上了各大報的頭版，且留下了牠壯碩的身影，焦點新聞對牠跟著時代的動盪，從戰區服役以至渡海來臺，一路走來的足跡，有幾近全版的生動報導。本來二二八紀念假日，園區還邀請小朋友來為林旺加油打氣，未料林旺卻等不及的在夜半時分孤獨的走了，轉而成了追思懷念的告別會。

林旺陪大家走過一甲子的歲月，牠的身上藏有大家共同的美好記憶，牠的病痛老死，讓我們心疼，也流下不捨的淚水。牠不只贏得大家的喜愛，也贏得大家的尊敬。

反觀，這半世紀以來，出將入相的政治人物，能如大象林旺之廣得人緣，普受尊敬者，還真不多見。此其理由就在，政界人物有心有為，一邊做好人，一邊求好報；一邊立功，一邊居功；一邊救人，也一邊傷人；一邊為你做了一切，一邊又認定你虧欠他；他或許可敬，卻一定不可愛。

而山水田園與飛禽走獸，卻無心無為，不執著自己的好，甚至根本不知道自己的好，此所以人在山水田園間行走漫步，沒有壓力，也沒有負累；人與飛禽走獸伴隨同行，牠不會有預期，也不會有責難。植物園與動物園，就此成了休閒渡假的最佳去處。因為到了那裡，你可以完全放下，不用猜測，也沒有禁忌；遠離恐慌，也無須防衛，這就是《莊子‧逍遙遊》所說的「無何有之鄉，廣莫之野」，心無何有，天地就無限寬廣，不就可以「徬徨乎無為其側，逍遙乎寢臥其下」了嗎？

大象何嘗給了我們什麼，牠只是活在牠天生自然的軌道中，是人在牠的身上，看到了自身所欠缺的閒情自在，就在牠遲緩而堅定的步伐，與笨重而厚實的身影間，找到優游閒散的空間，也在牠溫和的眼神中，讀出了與世無爭的安定力道。

而牠自己一點也不知道，牠陪伴了多少新生代的成長，牠給出了多少生命的歡笑，當真是你記得也好，最好把我忘記。牠不知道，牠不記得，所以牠沒有負擔，也沒有委屈感，才能長年累月，守著陽光守著你，等待所有來看牠的人。牠只是化身成鏡子般，讓你照看你自己，我們就從牠的「無」中，看到了自家的「有」。

《老子‧九章》云：「功成身退，天之道。」又〈十七章〉云：「功成事遂，百姓皆謂我自然。」大象無心天真，反而貼近天道的生成原理。原理在功成而身退，功成容易，不居功才艱難，依道家思考，不居功才算大功告成。你身退了，把「功」還給天下人，天下人通過你，而看到自己的美好，且以為美好是從自身來的，而不是你給的。這樣才真的實現了天下人的美好。

大象林旺的魅力功德在：我們從牠的身上看到自己的美好，而牠從不覺得給了我們什麼，或我們虧欠牠什麼，所以贏得我們的喜愛，更贏得我們的感念與敬意！

——二〇〇三年三月四日《中央日報》

親人不親　寵物得寵

飛禽走獸，甚至爬蟲類，包括鱷魚、蜥蜴、蠍子與毒蛇，都成了家居飼養的寵物。遛鳥遛狗還沒完，還得遛蛇呢！蛇自然滑溜，還要人為造作去遛嗎？

孔子說：「鳥獸不可與同群。」意在人生而為人，就當在人間做人，人生的美好僅能在人際關係網絡中展開。人不可以逃離人間，避開人群，所以又說：「吾非斯人之徒與而誰與？」我的一生，不跟天下人在一起，還能跟誰在一起呢？

人會將犬馬引進人間，是為了馬可以免於行累，而狗可以看守家門的生活功能，人豢養牠們，也疼惜牠們，人生路上長相伴隨，日久天長也有如親人朋友般，成了寵物。不過，孔子在親親仁民與愛物間，做出了區隔。云：「至於犬馬，皆能有養；不敬，何以別乎！」原來，寵物只等著人的寵愛，卻獨缺人我互動的一分敬意。吾人感報父母恩情，不能僅停留在供「養」，而當重在尊「敬」，否則，孝親與寵物，又有什麼分別呢？所以要說孝敬父母。

孟子更深一層的省思，批判王室貴族，或豪門巨賈，「庖有肥肉，廄有肥馬；民有飢色，野有餓莩，此率獸而食人也！」犬馬吃掉人分內的食物，養得肥肥壯壯，還美白登臺呢，卻坐視天下人民在飢餓邊緣中掙扎，甚至荒郊野外還躺著一具具餓死的屍體，這樣無異是引猛獸來吃人，我們看草原叢林間，虎豹熊獅抓裂撲殺鹿馬牛羊，尚且心生不忍，何況是引獸傷人呢？那還真是人做禽獸行呢！

從人倫理序而言，人遛鳥遛狗而不遛人，那是傷了親人朋友的心，你把感情心思集結在寵物上，等同聲色犬馬讓人腐化一樣，毀壞的是親情、友誼與道義！

今天的社會光怪陸離，有人在住家養形形色色的蛇，也有人在公寓養幾十隻的狗，蛇沒來由的咬傷了餵食牠的主人，而狗的吵鬧異味，引來鄰人的群起抗議，原來時尚養寵物，有如率獸食人般，也會傷了自己，並干擾了社區的日常生活。

現代人越來越獨立，現代人生也越來越孤獨，兒童跟玩偶說話，成年人跟寵物談心，老年人跟寵物相依為命，情意美感無處棲身安立，養寵物成了流行，因為寵物無心機、無權謀，不像人情那麼恢恑憰怪，老在人我猜測與自我防衛中打轉，不起執著，也就解套自在，無所期許，也就減壓自得。原來，人間可以有沒有負累、不具殺傷力的愛。

當前的人生難題，不在我們不愛人，而在人已不可愛！

——二〇〇三年六月十七日《中央日報》

鳥獸不可與同群

記得兒子還在小學階段，廚房逃出一隻倖免於難的青蛙，藏身在客廳沙發椅下的一角，等兒子找玩具發現時，已過了七、八天之久，花崗石地板上，兀自殘留一灘牠呼吸吐納的泥漬，看牠無精打采，我們內心滿是歉意。在暮色蒼茫時分，父子倆用手心護衛著牠，往河堤走去，就在新店溪畔放下牠，看牠在草叢溼地間閃身不見，才安心回家。此後，我們家餐桌上就少了這一道佳餚。

我們也養過一隻狗，陪著吾家一對兒女成長，等小兒女上了大學，而牠卻老死，我們的生活中，就此失落了牠溫柔眼神的追隨與觀照，還真不能接受。有一年中秋節，一家人開車前去臺大校園賞月，夜深離開的時候，卻有一隻狗一路追了上來，好像我們就是牠的主人，我們上了車，牠想爬上來，車子開動了，牠追著跑了一段路。我們忍心沒停下來，卻心頭沉重，中秋團圓，這一隻被主人遺忘的狗，卻孤身流落天涯。

另有一回，女兒從公館漫步回家，有一隻狗一路尾隨，走過永福橋，來到吾家門前。女兒進家門，神情有異，我問說有什麼事情嗎？她說有一隻狗跟我回來，我們還心痛吾家「小乖」的老死，掙扎許久，女兒下樓開門，牠已走了！此後在路上行走，都不敢用關愛的眼神，去掃描錯身而過的狗兒朋友，牠正搜尋可以陪伴牠一生的人，問題是，我們可以接納牠，牠總有一天會離我們而去。

前天，吾家兒子在臺大側門公車站牌的附近，看到一隻可能從樹上跌落的小樹鵲，有位小姐停下腳步逗著牠玩，出身動物系的兒子，卻展開了救援行動，看牠連腳踏車輪也跳躍不上，儘管樹梢有兩隻鳥正急切的飛來飛去，可能是牠的父母吧！卻不知如何救這一隻翅膀猶未長成的幼鳥。天色暗下來，他只好把牠帶回家，路上買了鳥食的小蟲，還有一枝專用的夾子，在客廳餵食，毛筆架權充牠的棲身所，牠只會張開大嘴，等待食物直接送入喉嚨，吃飽閉眼入睡。昨天清晨，有如鬧鐘般，把我們吵醒，聲音並不悅耳，卻很有生命力，吾家兒子又扮演母鳥的角色，把小蟲塞進牠的大口，牠力氣來了，連聲嘎嘎的叫，且轉頭四顧，顯然在尋找牠的父母。

我們一家人，又開車護送牠回到昨兒跌落的原點，牠又引吭呼叫，樹梢上頭立即有了回應，牠的父母在那兒飛上飛下，吾家兒子情急智生，把小鳥往上拋起，看牠勉力拍著翅膀，就在父母的引領下，姿態不見優雅，總算飛離了我們的視線！

孔子說：「鳥獸不可與同群。」不過，在時空交錯間，牠們也會跌落在我們的生活圈，我們也就陪牠一段，送牠一程吧！

——二〇〇三年六月十日《中央日報》

輯二　生命傳承

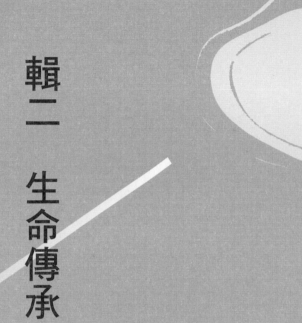

四十年中文系行走

以守護「中學為體」的文化理想而言，中文系堪稱是最後的據點；而以開發「西學為用」的學術標準而言，中文系則是最老舊的學門，堂而皇之的逃離在現代學術理念與方法學的檢驗之外。從勝義說是自成一家，往劣義說是困守在故紙堆中，而走不出路來。

中文系的架構格局，義理、辭章、考據鼎足而三，此當是兩千年來文史哲不分家的國學傳統。義理是窮究存在之理的哲學，辭章是抒發生命之情的文學，而考據是還歸歷史真相的史學。依司馬遷的說法：「究天人之際，通古今之變，成一家之言。」究天人之際是哲學，通古今之變是史學，成一家之言則是文學；實則，三者一體不可分，司馬遷雖以一代史家與絕世文豪留名千古，然問所願，想當然耳非哲人莫屬。學究天人之際，才得以通古今之變，人性由天道而來，天理內在人的心性中，故古人今人心同理同，雖在朝代興替體制變革間，天不變道亦不變，是謂道貫古今。通過時間的沉澱與世代的印證，這一聖賢哲人所體現的真情實理，穿越千古的考驗，成了百世認同的價值體系與文化心靈。

中文系上自天文、下至地理

再以《四庫全書》的經史子集為例，子是哲學，史是史學，集是文學，經則是橫跨三界而超越其上的經學，不論是章學誠所說的六經皆史，或王安石所譏刺的斷爛朝報，反正「春秋經世先王之志」（《莊子・齊物論》），當是千古治道所依據的常軌大法，且「詩以道志，書以道事，禮以道行，樂以道和，易以道陰陽，春秋以道名分」（《莊子・天下》），政事發於心志，言行依循名分，陰陽交感和合，此與哲理之善，史實之真與情意之美，已融匯一爐了。

由是而言，中文系的課程，上自天文，下至地理，而中歸人情，當真包羅萬有，說得真切點，當是國學系，此所以背負的包袱過重，學術界域不明，甚至不屑分工，注定難期專精，人人皆以學究天人自許，人人皆難逃食古不化的困境。

民國四十九年，我進師大國文系，新生訓練期間，一左一右正好與好古成痴而又意氣風發的兩位老兄，隔鄰而坐，兩位老兄架起深度近視眼鏡，正對著已發黃的書頁，逐行審視誦讀，我驚覺到這兩位可能是國文系的刻板縮影，逼得我問自己，這會是我一生擺脫不了的氣味跟形象嗎？我申請休學，逃回家鄉再沉潛一年，把國小五年級的那班學生帶畢業，他們考上初中，我再認命的回師大就讀。我跟那兩位很國文系的老兄，錯開了一年，讓我很幸運的遇到了中文系的異類，由數學系轉來的曾昭旭，而展開了兩人在中國義理學路上幾十年同心並行的進程。

師大國文系，號稱全國第一大系，為了培養需求量最大的中學國文師資，每年級有三、四班之多，外加夜間部兩班，真的是兵多將廣，軍容壯盛。系主任是程發軔老夫子，他是《左傳》專家，精通曆法，孔子誕辰就是他推算出來的。他年老體衰，國文系大本營就在第一棟行政大樓的三樓，老夫子每天爬上三樓，要用時十來分鐘，做他吐納調息的工夫，上課入門首在教導一呼一吸，要與腳步應和的養生之道。他是湖北人，幾年間我還是聽不懂他在講什麼。還好他開的「國學概論」與「左傳」兩門課，都只上一節，另兩節由劉正浩老師上，或許這樣，我才沒有學得聽湖北腔的本事。

只要看到他緩步而來的身影，就知道國文系有多古老。有一回文學院週會，他上臺演說，一開口就得罪了各路的英雄好漢：「我們文學院什麼都有，有畫圖系，有唱歌系，有跑步系，……」一語未了，群情譁然，藝術系、音樂系與體育系的同學，怒形於色，臉為之綠，國文系的同學悶坐當場，當真擡不起頭來，還好老夫子沒說英語系是洋鬼子系，那我們豈不是坐實成了古董系了嗎？

在本土文化跌落谷底的年代，讀國文系要有相當的道德勇氣。親友會面，說念師大，那當然是榮耀，不過他會進一步關心：「請問念那一系？」你如實回應，保證他會用詭異的眼神瞄你，好像觀賞一塊古董般，從你的頭往下看到你的腳，再從腳看到頭，端詳半天再拋出一句：「你真的念國文系！」我那時年少氣盛，也就沒好氣答說：「我念童子軍專修科！」至少還可以野外露營，且日行一善，顯得神氣也可愛多了！

林尹父子教授哲學史趣事

當時研究所所長是林尹，與任教政大的高明，還有在港大客座的潘重規，皆屬國學大師黃季剛門下，主導臺灣國學界數十年，比之哲學大師熊十力門下，有唐君毅、牟宗三、徐復觀三大弟子，在形態組合上近似，只是後者開創當代新儒學之返本開新的文化運動，在氣象格局上大異其趣。林尹教「中國哲學史」，只上一堂課，說要傳給我們走入國學殿堂的訣竅，可以讓我們一生受用不盡。我們痴痴的等了一學期，什麼竅門也沒學到，更別說傳授口訣了。此後的課，都由公子林耀曾代上，他大學念銀行金融，破格進國研所念兩年，得碩士學位，就被推上大四的講臺，講授最難也最重的課。我們不服氣，因為他只念兩年，而我們已念了三年。林老師倒是硬漢一條，上課不看書，一路板書猛講，卻講不出所以然來。男同學藏身後座當鄉愿，女同學挺身前座，昂首直問：「老師，你背書有什麼用，我們又聽不懂！」林老師神情尷尬，卻不知如何下臺，只好背對我們，一邊板書，一邊揮汗，自顧自向黑板說道。

那時，我們已讀了胡適的《中國古代哲學史》，與馮友蘭的《中國哲學史》，對絕學家傳的國文系傳統，當然大失所望。不僅義理之學，難與名家抗衡，即以考據之學而論，胡適對諸子年代與篇章真偽的考訂，與錢穆《先秦諸子繫年》的廣徵博引，斷語有據來看，以考據訓詁之重鎮自居的師大國文系，還真是相形失色。當時傳聞，想上研究所深造，還得登門磕頭，更是讓年少生命意興索然。大四那年，我發誓不念師大國研所。

師大國文系名師群像

當時，國文系的教授陣容，可謂名家如雲。許世瑛的「聲韻學」、「國文法」，最為生動，也最嚴格，「聲韻學」的教本是董同龢的《中國語音史》，說法較新，可與西方語言學接軌；李辰冬的「中國文學史」，講的是《詩經》，且是獨門觀點，說是尹吉甫一人的作品，《詩三百》都是他一生的寫照；宗孝忱以書法名家，他上的「散文及習作」，留下一句名言：「白話文是粗布，文言文是細布，辭賦則是綢緞。」趙友培講「修辭學」，謝冰瑩帶「新文藝習作」，這兩門課，我比較投入用心。因為，我進國文系的本懷，是想圓作家的夢。雖說也用心思下工夫，寫了些粗布型的文章，包括散文跟短篇小說，作品也得過教育部大專學生文藝創作獎，卻在大三春假期間，遍讀從老師家攜回的一系列瓊瑤小說，自我省思再怎麼想也想不出那樣的情節，作家夢就此破碎。此外，李漁叔跟巴壺天的「唐詩」、汪經昌的「元曲」、繆天華的「楚辭」、陳致平的「史記」、李日剛的「韓非子」，均屬一時之選。

其中，魯實先教授，堪稱傳奇人物，他好罵人，被請出東海，他保證不罵人，才進了師大。他教「文字學」，本來循例以高鴻縉的《中國字例》為教本，他卻依據許慎的《說文解字》與段玉裁的注，一路評析下來。魯實先開宗明義，以道地的湖南腔，語出驚人的說道：「我魯先生說，許慎六十分，段玉裁七十分，高鴻縉打多一點零分，我魯先生打少一點九十五分。」言下神采飛揚，滿室笑聲，他的「魯先生說」，在氣勢上直追「太史公曰」，沒有人懷疑，更多的是與有榮焉的得意。他在「書經」的課上，更是怨氣沖天的說：「我不想罵人，胡適之那個王八蛋，他胡說。」又呸呸連聲，揮臂如刀，罵道：「蔣介石那個王八蛋，把大陸給丟了，害得我魯先生遷徙流離，不得好好做學問！」

魯實先快人快語

就在講臺上，魯先生衝著總統府的方位，一路砍將過去。在鬨堂爆笑聲中，沒有人覺得不對，更沒有人寫黑函，只覺得痛快愜意！在威權時代，生命被壓縮窒息，魯先生唱作俱佳的即興演出，讓學生的苦悶生命，得到了全面的釋放，魯先生逃離在白色恐怖之外，算是那幾年間師大校園最值得稱道的事！據說他僅有小學學歷，靠閉關苦讀而成，二十六歲就在復旦大學擔任教席，有一回在臺北寓所，管區警察前來查戶口，看他身分證僅有小學學歷，職業欄卻是大學教授，就好奇問道：「你只有小學畢業，怎能當大學教授？」魯先生說：「我不知道啊，人家要請我，我也沒得辦法！」他治學之勤，成果之豐，在師大學園堪稱無出其右。

辭章文學少了天分，考據訓詁引不起興趣，而張起鈞老師的課，大二「哲學概論」、大三「學庸」、大四「老子」的義理課程，卻深深吸引了我。張老師出身北大政治系，卻以「老子」名家，說是抗戰時候躲日機轟炸，隨身攜帶《老子》，在防空洞裡悟解出來的。他曾應邀到南伊大與夏威夷大學講學，回國時正處講學的高峰，與吳怡師生合寫《中國哲學史話》，轟動一時。張老師教書不頂認真，甚至把三班「學庸」課，群集一堂在週日上課，還說是做禮拜，引起諸多怨言。他講課隨興揮灑，能啟發學生的心志，最大的優點，是會發現有才氣的學生，我們這一屆他看到了蔡明池、曾昭旭跟我。蔡明池精明幹練，文采一流，是魯實先的得意門生，張老師卻推薦他往黨政界發展；曾昭旭本是才子型人物，卻心智早熟，越過浪漫，直契生命義理之學，他留校念中文研究所，我則追隨吳怡學長上華岡念哲研所。

另有吳森學長，同歸老師門下，旅美學人而回臺大哲學系客座。師生五人志趣相投，成了一支講論中國哲學的隊伍，頗想編寫一套當代中國人該讀的古今名篇佳構，惜乎吳怡先生在政大聘任案中，被以安全理由否決，憤而舉家出國，前往舊金山教書著述，吳森也回美國，隊伍解體，心願也告落空。

記得在哲研所就學期間，有一門高明教授「治學方法」的課，與師大一起上，聽了整整一學期的課，我當場質疑，說這不是治學方法，而是國學概論，那一學期我得了最低的八十分；再有一門陳立夫先生「人理學」的課，也是兩校研究所同上，這一本新著，號稱洛陽紙貴，依舊是《科學的學庸》與《四書道貫》（有謂是「倒灌」）的路數。陳立夫先生身分特殊，林尹一旁陪坐，由吳姓教授（後任政大三研所所長）照本宣讀，有如莒光日聽訓般，語調抑揚頓挫，鏗鏘有力，他朗誦一段停下來，還歌頌兩句，立夫先生隨意解說，慈祥間藏有得意；他畢竟是叱吒風雲的人物，頗有包容的氣度，我好幾回捧著他的書，直指此處有問題，這一句講錯了，他提起筆來立即修正，期末報告仍以評論他書中的觀點為主軸，未料得了最高的九十二分，為此那篇文章未公開發表！

不上師大而上華岡，後遺症還真大，有幾位教授聯合推薦我回師大任教，卻未被接受，李漁叔老師惋惜的責問我，誰叫你不念師大。甚至，梁尚勇與呂溪木兩位校長，也表達無權聘請我的遺憾！不過，就算念師大也不見得就能留任，師大似乎立了懲罰精英的條款，師資由助教升上來；讀博士學位者，就被迫辭去助教職，此其結果是留任師大教職者，大多未有博士學位，而獲得學位且表現傑出者，皆流落在師大校門之外，如黃永武、蔡信發、張夢機、曾昭旭、顏崑陽、龔鵬程等，都回不了師大，師大就此失去了競爭力，執國學界之牛耳的榮光，早已遙遙遠去，而不復見。

我的博士論文寫《韓非子》，升教授論文寫《老子》，此在師大修課時，已露出端倪。我的老子得九十八分，韓非子得一百分，有一回張老師問我說：「我給你的分數，是你成績中最高的吧！」我說不是，韓非子得了一百分，老師立即說：「那我的九十八，算一百零二！」通過張老師，我認識毓鋆與南懷瑾兩位特立獨行的學人前輩，碩士班時還修過南老師兩門課，兩位名氣真大，直到今天身上的光環猶未褪去，很有獨到見解與個人魅力，他們看重我，卻與我不相應，反而是梁漱溟、熊十力、錢穆、唐君毅、牟宗三、徐復觀諸先生，僅讀他們的書，就震撼了年輕的生命，如《中國文化要義》、《讀經示要》、《國史大綱》、《中國文化之精神價值》、《中國哲學的特質》、《中國人性論史》等，讓我打從心靈深處興起對幾千年文化傳統的認同感與使命感！

由於唐君毅、牟宗三兩位大師，接連回國講學，感動了許許多多的青年學人，民國六十四年七月，就在重振文化傳統之使命感的集結之下，「鵝湖月刊社」成立創刊。當時只有我通過博士學位，曾昭旭在博士班，袁保新、岑溢成在碩士班，楊祖漢、萬金川大學剛畢業，除了袁保新是輔仁哲學系的高材生之外，其他皆出身師大國文系，我們毫無資藉，只憑氣魄擔當，在回應西學挑戰的文化奮鬥上，國文系似乎盡到了本分，也搶得了先機。

民國七十五年，在余傳韜校長的聘請之下，一群鵝湖社新儒學的學人朋友，都來到了中央大學，包括曾昭旭、岑溢成、袁保新跟我；隔年，也請到了顏崑陽與龔鵬程兩位文學理論的名家。惜乎龔鵬程被淡江大力挽留，僅兼任兩門課，不過中央大學中文系的士氣，已升到最高點，加上蔡信發、張夢機與康來新的本有陣容，構成了相當有號召力的國學團隊。

當時，《國文天地》雜誌，在臺北開班，週一到週五，分別開出了五門課，我的「老莊」，曾昭旭的「論語」，蔡信發的「史記」，顏崑陽的「詩學」，還有康來新的「紅樓」，清一色中央大學，師大王熙元教授半開玩笑的責問：「怎麼整個《國文天地》，都給中央大學包了！」我也半開玩笑的回應：「我不知道啊！人家要請我們，我們也沒得辦法啊！」實則，王熙元教授時任《國文天地》雜誌社的社長，課程師資就是他排定邀請的。

那幾年，中央大學開設了中文研究所及哲學研究所，就以中國哲學的開發與文學理論的重構為導向，試圖扭轉以外文系吸納進來之西方文學理論，來解析本土文學作品的偏頗。

沒想到在校園民主化的浪潮衝擊之下，文學院滿布鬥爭的氣氛；加上大一國文成了教授團沉重的負擔，一群學有專長的學人，忙著教系外的大一國文，系內的專家課程反而開不出來，氣悶之餘，形成心結，各自尋求出路。我借調臺北大學籌備處，顏崑陽遠走東華，張夢機腦幹中風，岑溢成帕金森症纏身，龔鵬程跟袁保新當校長去了，聲勢為之中挫。這幾年，蔡信發、曾昭旭先後退休，我也即將離職他去，眼看一場風雲際會，漸歸雲淡風輕！雖說，也請來了楊祖漢、萬金川兩位中壯派學者，不過要恢復昔日風光，已時乎不再了。

義理、辭章、考據鼎足而三的中文系，當前最大的難題在，中文系培養不出作家來，成了最大的符咒。因為詩詞歌賦難以復活重現於今天，創作有待天生才氣，而與知識學問不相干，陶淵明、李白、杜甫、蘇東坡是學不來的；小說又學自西洋，少了自家土地的養分，當然寫不出感動人心的作品；而考據、訓詁瑣碎乏味，一向冷門，不能激發青年學生的生命，這一方面的人才已形成嚴重的斷層；義理又在「去中國化」的時代脈動中，失去了幾千年文化傳統的精神天地，新生代教授已無心也無力去承擔起，引導青年學生文化認同的重任，中文系的路越走越窄，也越走越偏，地域性的臺灣文學成了顯學，邊陲的情色文學也登上了正統的學術殿堂，中文系已步上了窄化自己也矮化自己的道路。

——二〇〇三年七月二十一～二十三日《中國時報》

新儒家沒有家

相對於先秦孔孟儒學的力闢楊墨而言，宋明儒學的力闢佛老被稱為宋明新儒學；而相對於宋明儒家的消化佛學而言，現代儒家的消化西學則被稱為當代新儒家。

當代新儒家，自熊十力而下，有唐君毅、牟宗三與徐復觀幾位大師，試圖在西潮衝擊下，力挽狂瀾，尋求「返本開新」的文化出路。民國六十四年七月，「鵝湖月刊社」就在幾位前輩大師的精神引領下成立創刊，返本在「鵝湖」是宋代大儒朱熹與陸象山兩度對話論學的地點，正是儒學傳承的精神重鎮，而開新在身處中西學術思想的互動交流間，嘗試去搭建文化心靈會通的橋梁。

這三十七年來，《鵝湖月刊》從未間斷，這個月已刊行第三百二十七期，儘管在臺灣鄉土情沖激昂揚，且無限上綱的處境之下，仍懷抱中國文化心的理想，讓臺灣鄉土情的親切感與中國文化心的重要感，可以在生命的天平上，維繫合情合理的均衡，把政治角力黨團對壘的「統獨之爭」，化歸為鄉土情與文化心的一體並行。

記得在民國八十年的年末時節，港島淹沒在聖誕狂歡的氛圍裡，「鵝湖」師友應邀參與「法住學會」主辦的「安身立命學術研討會」，以兩岸三地的學者為主體，還有不遠千里而來的海外學人，共同為當代中國的病痛把脈，也研議開出固本培元的調理藥方。

就在開幕典禮的主題演講中，牟宗三先生卻語調低沉的說道：「我民國二十六年開始逃難，我一生顛沛流離，我一生沒有家！」何等蒼涼，又何等悲愴，震撼了安身立命的研討會現場，一代大師三言兩語，道出了當代中國人最深層的生命傷痛，整個會場瀰漫著「天道寧論」的感傷，一時之間，空氣似乎凝住不動，而心情也突地沉重了起來。

民國八十七年九月，第五屆當代新儒學國際學術會議就刻意移往山東濟南舜耕山莊舉行，一者那是孔夫子的家鄉，二者又是牟老師的家鄉，傳統儒學的根源地在山東，而現代新儒學的大本營則在臺灣，二者的交會，象徵儒學的返本與開新。會後，眾弟子前往牟老師棲霞的老家，拜見九十高齡依然健在的老師母，並參觀「牟宗三紀念館」。我們總算陪著老師的在天之靈回家，為他「一生沒有家」的遺憾，做了象徵性的彌補，此有如走了一段朝聖且還願般的宗教心旅。

牟先生生前，對《鵝湖月刊》的刊行，給出相當高的期許；不過，對「鵝湖」一直沒有一個可棲身的「家」，甚感憂慮。放眼臺灣鄉土，佛寺、道觀、教堂，甚至民間信仰的佛堂道場，在市區鄉間對列林立，而當代新儒學的「鵝湖」，卻沒有一個精神的據點，仍在街頭流落。而今我們護送老師回家，也要為立足臺灣的現代新儒學，找到一個家，真正了了一代大師一生最大的心願。

——二〇〇二年九月十日《中央日報》

新儒家有了家

當代新儒學大師牟宗三先生的全集，已在門下弟子多年用心編纂之下問世了，由於SARS疫情正處高峰的階段，一場籌備多時的新書發表會，因著共體時艱而臨時取消。

不過，在SARS疫情已告緩和之際，「鵝湖書院」即將在七月五日掛牌開幕，稍微彌補老師全集未能莊重推出的遺憾。「新儒家沒有家」的呼聲，顯然引起學界朋友的立即回響，在鵝湖月刊社與東方人文學術基金會的共同策劃之下，已為新儒學的教學團隊，找到了一個可以依止停靠的棲身之家，且以「鵝湖書院」的新姿態，試圖在都會社區的生活圈中，啟動了傳統書院修德講學的教化功能。

《鵝湖月刊》自民國六十四年七月創刊以來的二十八年間，這是絕大的突破。我們以「社」為家，又以「家」為社，一方面鵝湖社是我們學術使命與文化理想的「家」，另一方面，我們簡陋的住家，又是鵝湖社的根據地與大本營。從審稿、編排、校對到出刊發行，濟濟多士擠在吾家窄小的空間中，感覺上卻似海闊天空，大家熱情有勁的埋頭工作。十幾二十位青年學人席地而坐，群集吾家書房論學的情景，仍是吾家最光采的記憶，與最亮麗的鏡頭。

一直要等到東方人文學術基金會，在牟老師倡導下成立，我們才獲得挹注，在羅斯福路的一棟大廈，租賃樓房作為客觀的聚會所，社員在此辦公，開小型演講會與討論會，並接待遠道而來的參訪學人，牟先生生前，每逢週末就來此講學。不過，終究是寄人籬下，總算在牟老師過世八年之後，全集由聯經出版了，鵝湖社也在志同道合的理想支持之下，找到了屬於自己的家，幾十年來想要重振傳統書院講學精神的夢，終告美夢成真。

想當初，鵝湖社首開民間講學之風，就在當今兒童讀經班的開創者王財貴先生的住家，開辦了鵝湖文化講座，有論孟、老莊、宋明理學、佛學與西洋哲學等課程，二、三十個人的容身空間，可以擠進了一百多人前來聽講，堪稱盛況空前。惜乎干擾了家居日常，幾經遷徙流離，而今總算免於漂泊流落，而可以安身立命了。

在《鵝湖》創刊正好二十八周年的今天，我願意向所有支持儒學，跟著我們一起成長的朋友，說一句公開的悄悄話，新儒家有了自己的家了！

——二〇〇三年七月一日《中央日報》

我走錯教室了

民國六十二年二月，我還在博士班就讀，就奉師命前往輔仁哲學系開講老莊。當時我的老師張起鈞，因教學方式不被學生接受，與系主任張振東神父起了誤會，張老師拂袖而走，拒絕授課。由於是全學年的課程，不能中途決絕求去，故找我去接下課程。

據當時還在大四的袁保新（現任醒吾技術學院校長），事後透露訊息，說情勢詭譎，系裡認為老師都教不下去了，學生還有什麼通天本領，只等學年結束，就要我知難而退。

還好，我一點也不知道人家就等我好看，倒也規規矩矩備課，正正當當講課。這可是我破天荒的在大學開課。《老子》還有根柢，《莊子》則未修習過，真的是帶頭苦讀，自己讀懂讀通了，再上課講授。我依恃的不是老莊的專業素養，而是從小學、初中、高中一路教上來的講臺經驗，尤其在一女中教了四年書所累積的自信，更根本的是我的真誠與敬業。

回想昔日堂上情景，有高材生發問，頗有考驗老師的味道，看剛出道的老師如何回應這一波又一波的質疑問難，我儘可能認真回答，真的不懂會說等我消化各家學說之後，再給出較全面或深入的解答。其間，還有同學打抱不平，試圖幫老師辯護與解圍，而形成對壘的討論，反而為課堂氣氛平添了不少光彩熱力。

走向新儒學，不滿一黨專政的思想壓制

此等陣仗並沒有把我嚇走，原典經義自有歷代注疏可以解讀，現代詮釋則有熊十力、唐君毅、牟宗三、徐復觀諸大師的系列著作，可以作為師生間講論的依據。不過，期末臨別贈言，總說老師保留有成長的權利，請別忘了日後要多看老師的著作。

那個時節，我正醉心於現代化的思潮，儘管開的課是中國傳統哲學，卻力主要從傳統的歷史隧道走出來，而登上現代化的殿堂。記得當時哲研所有幾位風雲人物，開辦學術發表會，邀我列席參與。聽主講人從《易經》、《易傳》講下來，請我發言的時候，我當場給出不以為然的評論，說從那麼古老年代一路鑽研下來，那要等到

何年何月，中國才可能走出現代化的道路。

其後，我逐步走離陳獨秀、胡適之所主導之五四新文化運動的思路，而歸向唐君毅、牟宗三所引領之返本開新的當代新儒學。現代化的遠景，等同浪漫的情思，而對現實政治的不滿與批判，則成了滿腔熱血尋求出路的窗口，我在輔仁、文化與淡江，講孔孟，講老莊，也講韓非，「執古之道，以御今之有」，似乎先哲教言皆直對現代街頭而發。對一黨專政的思想壓制，有銳利的抗議呼聲，學生善意勸告，說堂上有特別身分的學生，老師會上黑名單。

師母竟舉發我思想有問題

此一警訊，似乎擋不住講課現場激發而出的高昂氣勢，據學生描述，說老師眼神有如兩把利劍，直透而出，不知我的真情演出，有沒有感動在場別有用心的學生，我真的不相信上我課的學生，會出賣自己的老師。此中有一插曲，有位老師長年隱居山上，要我前去簡報美麗島事件，或許我表述的語氣間，激盪著對官方白色恐怖的厭棄，師母竟電告文化校長室，舉發王邦雄思想有問題，校內進行安全調查時，適有調查局派駐的代表，修過我的課，當場拍胸脯保證王老師不會有問題，此事才落幕，原來還真的是學生救了我。

民國六十四年七月，由袁保新帶頭創辦的《鵝湖月刊》成立刊行，反映出在那樣的年代，青年學者對家國天下與文化傳統的使命感。學生是主力訂戶與讀者，或許這一真情的告白與生命的燃燒，使得堂上師生的互動，在理想的交會與情意的感應上，顯得親切而少有隔閡。

學生為了上我的課，擠滿了教室

在民國七十年上下的數年間，我的講學熱力到達高峰，開學上第一節課，總要面對擠不進去的窘境，我心中還問自己會是我走錯了教室嗎？立即請來課務組負責人，調換大教室。有一回，走廊整整擠滿兩排課桌椅，學生就坐在教室外頭上課，此等場面驚動系主任站出來干預，要求校外旁聽生讓出座位，氣氛突顯緊張，使得站在講臺上的我，不知要如何去消解。

學生為了上我的課，下課時分在大樓長廊間奔行，爭先搶進教室，連階梯走道都坐滿了人，甚至講臺上也塞滿了課桌椅，僅空出講臺中央的立足之地，板書時還得僵硬的在原地向後轉，頗有身陷圍城的味道。

此其後果是，諸多外系生要求轉入哲學系，這給了我莫大的壓力。我總是柔性勸退，沒有當頭棒喝，倒是迎面潑了冷水，說最好把哲學當做業餘的素養，不要成了主修的專業。就有學生抱怨說，國家公職人員考試報考資格上，竟列出一特別條款，哲學系與體育系例外，是理念與氣魄具有等同的危險性嗎？

而今在大學講課，昔日的人潮盛況，已不復見，不僅說不上熱烈，根本就顯冷清。不知是老師年華老去，魅力不再，還是去中國化所帶來的直接衝擊，青年學生心中已無文化傳承的擔負，此其效應就在讀書聲已逐步遠去，而天下事也無人關心了。這不再是叛逆疏離，而真是顛覆冷酷！

——二〇〇三年四月二十八日《中國時報》

「中學為用」在那裡

近代中國，為了回應西潮東漸的挑戰，被迫走向說是現代化而實則西化的道路，從洋務運動的器物層，進至維新運動的制度層，再升至新文化運動的理念層，西化的層次正逐步的提升加深。

不過，中國的知識分子，理性上學西方，感情上反西方，雖西學為用，卻堅持中學為體。問題在，中學為體是道德理性的超越之體，西學為用卻是科學技術與民主法治的客觀建構，分屬價值與知識的不同層次，故中學為體，引不進西學為用。

五四所謂新文化運動，由浪漫轉趨激進，高舉打倒孔家店，而全盤西化的大纛，打掉中學為體的本土立場，且直以西學為體，這是知識理性的內在之體，以此引進西學之用，才有可能，而不會扭曲變形，成了半調子的賽先生與德先生，此中的致命傷痛在，體用皆西學，那置本土中學於何地！豈不是迫使自己落在中國現代化了，而中國沒有了的弔詭中嗎？

當代新儒學大師牟宗三先生，倡言「一心開二門」的新說，一心是中學為體的超越之體，自我坎陷而為西學為體的內在之體，一心而開出道德與知識兩門，既保住洋務運動與維新運動所苦苦守住的道德之體，又融攝了新文化運動所拓展而出的知識之體，傳統與現代可以一體並行，消解了師法西學而失落中土的遺憾！

回顧這一百多年來的現代化進程，從傳統派、西化派與當代新儒學一路走來，用心皆集結在「西學為用」如何可能上，卻獨獨遺忘了「中學為用」的人文化成與人格涵養，如是所謂的「中學為體」，只是虛擬懸空的理想，而生發不出教養化成的作用。

反觀西方，在知識理性的內在之體之上，還有基督信仰，作為道德理性的超越之體，而近代中國，卻讓自家的中學之體，束之高閣，作為文化中國的精神象徵，而未能落實在家用日常，去發揮價值規範與人格養成的功能。

此所以兩岸中國在走向現代化的路上，都出現了諸多無法無天的失序亂象，那不是科學技術與民主法治的架構問題，而是人品人格的教養問題，我們不能靠基督，也不能靠佛陀，而僅能回歸「中學為體」的文化心靈，並重振「中學為用」的人文教養。

——二〇〇三年四月一日《中央日報》

超前領先總是罪過

舊時在鄉下偏遠小學教書，學童素質本來就參差不齊，農忙期又循例不來上課，同儕間的程度越拉越大，身為老師在無可奈何間，突發奇想，可否讓成績領先的同學，來拉拔成績落後的同學。一者同學間會有良好的互動，情誼自然會加深；二者也可以整體提升學習的成果。

就此做出安排，第一名與最後一名同桌，第二名與倒數第二共坐，第三名與倒數第三並列，兩人編列一組，有如雙打球賽，不論月考與期考的成績，均兩人平均計算，以進步分數的多寡，來排名給獎。這樣一來，形成了命運共同體，彼此督促，相互扶持，讀書不再是自家一個人的事，還得向雙人組的另一方負責。插秧、收割或大拜拜的時節，缺課的人減少許多，因為被雙人組追了回來。

那時的我，還在少年十五二十時的階段，甫出師範學校的校門，第一天騎車到校，還身著高中生制服，頭戴學生帽，且背著書包，一副不想當老師的姿態，感情上還真捨不得學生生涯，只因家境清寒，念了公費學校，盡義務來此教書而已，頗有一分流落江湖的惆悵！

沒想到，一個青少年教幾十個兒童，也可以教得有聲有色，有模有樣，且隱然合乎老莊「道法自然」的生命智慧。因為，同學是兄弟，在學校的大家庭一起成長，你怎麼可以自己一個人考第一，而把全班同學比下去呢？你怎麼可以老是考在前頭，而迫使其他同學落後呢？這不是違反兄弟情義，也悖離江湖道義嗎？此所以，考第一名的同學，永遠要跟全班同學道歉，說純屬偶然，僥倖得高分而已，請大家別放在心上。

人生在世，所有我們的「好」，都是對不起別人的，比人家俊秀靈動，比人家敏銳堅定，比人家光采亮麗，都要懷抱虧欠的心情，而以回饋的功德來補過。第一名教導最後一名，第二名引領倒數第二，第三名支持倒數第三，正是以伴讀的功德，來補搶先的罪過。有這樣的修行，其他同學才不會心生不滿，而討厭甚或孤立領先群的前幾名同學。當前國中校園，資優班或A段班的天之寵兒，倘若過於意氣昂揚，很可能會被放牛班或C段班的落魄少年海扁，他們總要為自己被流放邊陲的難堪平反。

在儒道禪門的東方文化園區，插花說花道，喫茶有茶道，看似把花藝茶藝，推向最高的境界，實則，依我的體會，花最美而茶最香，插花喫茶，正是集美感香氣於一身，那是對不起天下人的罪過。總要修道，以道行來化解罪過，也以道行來彌補虧欠，有這樣的覺悟與智慧，人間美好才可能長久。

——二〇〇二年九月二十四日《中央日報》

好一段伴讀的歲月

在一生教學的路上，一女中四年，最是轟轟烈烈，最為多采多姿。南師畢業，在小學教了兩年書，師大畢業，又在初中教了一年書，都在西螺家鄉，以回饋自己成長的鄉土。為了上研究所，我來到了一女中，突然間走進了這一所享有盛名，與總統府、司法院成犄角之勢的第一女中，內心既感欣喜振奮，又隱藏著些許的不安與緊張，似乎踏入了一個超乎自己想像的新天地，且迎向一個不可知的挑戰。

民國五十六年九月三日，我到校參加開學典禮。一腳走入校門，立即被門房擋住，未見問候致意，迎面拋來一句：「男生不許進來。」這突如其來的不友善，我來不及生氣，卻不免錯愕，當下做出回應：「我不是男生，我是男老師。」就在他們連說對不起聲中，我踏入了校園。

女校的男老師不當導師

有如新生訓練般，震撼教育還等在後頭，因為禮堂太小，容納不下三個年級七十班的學生，開學典禮就在大操場舉行，一上臺，老師座位上幾乎清一色女老師，男老師有如百花盛開間，陪襯點綴的幾片綠葉。校長致辭，重頭戲在介紹新聘老師出場，校長念出我的名字，我一站出來，全場爆開特別響亮的掌聲，不過，更多成分是起鬨的叫聲。江校長一臉燦爛的笑容，好像推出自己傑出作品般的得意！原來，只有年輕的男老師，才有這樣的鋒頭。

依女校慣例，男老師不當導師，所以我擔任的課程，是兩班國文，外加一班歷史，國文課可以揮灑自如，歷史課則少了專業素養，備課所下的工夫，比國文課還來得深。高一歷史是上本國史，我不願依標準本講課，而以錢穆先生的《國史大綱》、《中國歷代政治得失》、《中國文化史導論》、《中國歷史精神》等系列著作為藍本，讓學生在朝代更迭與治道興廢間，能抓住其間轉變的關鍵何在，對長達二、三千年的歷史傳統與引導走向的文化心靈，會有整體的理解與生命的感動。當時，月考期考統一命題，問題還不大，平時考則完全依課堂講授教材出題，學生大為抱怨，說別班只要念一套就可以了，我們班卻得念兩套。還好，一女中學風樸實，雖抗議聲不斷，仍安分的接受老師的獨門教學。

不過，其中有一段小插曲：一個很用功的學生，平時考卷發下，問答題只得一半的分數，她很氣憤的衝上講臺，質問說答題完全跟標準本等同，何以僅得一半的分數？我的回答竟是：就因為妳的答題跟課本完全一樣，才扣了一半的分數！

學生的神情是最好的評鑑

國文課顯然較有伸展的空間，加上自己年輕，跟學生的感受比較貼近，很快的成了最受歡迎的課，這不必做問卷調查，學生的神情與課餘的發問，就是最直接的評鑑。我一邊擔任一女中教職，一邊在文化大學哲研所進修，我遊走在老師跟學生兩種身分的變換間，真的是教學相長。在文史哲不分家的文化傳統中，來自哲理的素養，讓我的文史教學，有了理念的支撐，顯得靈活許多。國文課在標準本的歷代文選之外，尚有《論》《孟》的中國文化基本教材，不論是《論》《孟》四書或歷代文選，總要帶領學生走回歷史現場，「讀其書，不知其人可乎，是以論其世也」，將其文還歸其人的一生志業，去解讀深藏在字裡行間的文學意涵；並通過其人的時代脈動，去析論流動在段落結構中的哲理義蘊，少了一點格套教條，而多了一點情趣生動，國文課或許不會孤離在現代情境之外，而可以融入在生命成長之中，一女中距離西門町電影街最近，當時最浪漫的課後休閒，就是看電影，故課文的闡釋，可以穿插影片的劇情主題，與人物性格的分析，不僅平添了不少的新鮮感與趣味性，且對於某些生命的議題，也可以給出相互映照的解說，而有較貼切的體會。

作文成了國文的重頭戲

國文科每兩週寫一篇作文，在抒情與說理並重之下，儘可能給出自由書寫的空間，決不以道德的教條來批判學生強說愁的年少輕狂，似乎來自老師的同情了解與賞識眼光，才是鼓舞她們寫作的源頭活水。以是之故，作文成了國文課的重頭戲。每逢作文課，足足兩個鐘頭，要學生個別上來，就其文章的優缺點，當面指點一番，並要寫得好的同學，朗讀她的作品，有如發表會一般，彼此觀摩。這樣，用心寫作的人，才不會寂寞。

記得，民國五十八年五月間，因開夜車趕寫碩士論文，可能過於疲累，突然發現耳後淋巴整排腫痛，在公保門診照了X光，斷定肺結核，打針治療期間，不敢再徹夜不眠批改學生作文，轉而商請隔鄰同事代為批閱。未料，引發學生抵制，拒絕寫作文，因為不能接受教條德目式的評語，我沒有解釋，只好在批改學生作文與撰寫碩士論文間養病，幸好一兩個月即告痊癒。

這一屆學生，我從高一帶到高三。高一在老舊的敬學堂，高二在邊陲的明德樓，高三則在後院的至善樓。反正，老舊貼近高一刻板生澀的敬學生涯，邊陲則給出高二遠為開闊的靈活空間，後院則切合高三沉潛苦讀的歲月，堪稱情景交融而相映成趣。猶記得，當年聯考丙組狀元的郭慈惠，在高三時即語帶遺憾的說：「老師，我還是喜歡高二的生活！」因為不必老在複習考、模擬考中打轉，而可以海闊天空的遨遊在課外讀物的自在天地。

明德樓天高皇帝遠

明德樓地處邊陲，天高皇帝遠，有一回學生鬨堂大笑，把正在校園巡行的校長引來，就站在教室後門，聽講了好幾分鐘，我忍不住說道：「後面的同學還不曉得要讓座給校長嗎？」未料，這一真誠的邀請，倒把校長給送走了。

郭慈惠在那一屆同學群中，算是傳奇人物。成長路上，連考三個狀元。她是樂隊的一員，又是世紀樂團的首席大提琴手，鋼琴也有獨奏的功力。在高三緊鑼密鼓的階段，一女中樂隊天天集訓，代表臺灣前往東京萬國博覽會演出，回國之後，輕描淡寫，聯考還是考了第一。有一回，我碩士課程的英文期末報告，因趕寫畢業論文，抽不出時間來，還由她代寫，好像分數還很高。當年這一段師生分享的小祕密，郭慈惠大概記不得吧！

高三在至善樓上課，對我來說最為便捷，因為教師的單身宿舍就在樓下，研究生階段讀書最有勁道，可以毫無保留的熬夜看書。第二天若睡過了頭，學生下樓敲門，我有如上成功嶺受訓般，刷牙三兩下，臉抹一兩回，就奔上樓衝進教室，保證不會讓學生久等，講課也不會變調走樣。某一天清晨，樓上教室響起鼓掌大叫的歡笑聲，把還在睡夢中的我吵醒，原來當天報紙頭條刊登，我獲得全國中學教師復興文化金雞獎論文賽首獎的消息。兩班學生嚷嚷要老師請客，就在她們的班會時間，訂來西點跟學生分享榮耀。

那三年間，除了上自己分內的兩班國文課之外，若有其他老師請長假，都找我代課，有時兩班搶老師，相持不下，校長要我一併接下，那時我忙著籌備婚禮的事，向校長報告，校長卻老神在在的說：「結婚不重要，教書才重要。」所以那一屆接近半數的學生，都上過我的課，也就跟她們特別親，她們考上臺大，一女中校友隊參加全校辯論賽，我還隨隊督導，結果榮獲第一名。

當時，住在單身宿舍的男老師，有七、八位之多，每逢學生各項球類比賽，我們都得去陪訓，專業撿球兼當啦啦隊，師生打成一片。我又是桌球校隊的教練，寒暑假還得留校集訓，所以那三年間我幾乎以校為家。在一生教學的路上，從未有一年三百六十五天，一天二十四小時都守在校園，此所以我對一女中的認同感很強，甚至比學生還一女中，因為她們通學，而我住校，她們只讀三年，我卻教了四年。

當然，最重要的是，我陪伴她們讀書，她們也陪伴我讀書，好一段伴讀的歲月，那可是師生一起成長的歲月。

而今時過三十年，那一段跟學生爬牆進入介壽公園聊天，甚至到碧潭划船的時光，已遙遙遠去；不過，那一段跟學生一起讀書、陪學生一起成長的美好記憶，卻永在心頭！

——二〇〇三年二月二十四日《中國時報》

現代傳奇的自我書寫

余傳韜校長留美，是生化科學的博士，不過，他出身書香世家，人文涵養十分深厚，誠如中國現代化進程中，在中西學術文化的交流會通之間，有所謂的「中體西用」說，中學為體而西學為用，此一中體西用的微妙結合，在余校長一生修德講學的志業開創上，可以說是最佳的寫照。原來，在他的身上，我們看到的是中國現代化一路走來的縮影。

認識余校長，是在牟宗三教授演講的現場。民國七十五年三、四月間，牟老師應師範大學梁尚勇校長之邀，在大禮堂做一場學術演講，在全場滿座的聽眾間，中央大學余校長的身影，也廁身其間。演講會結束，兩位校長陪伴牟老師步出會場，余校長當面邀請牟老師，也能蒞臨中央大學，做一場重振人文精神的學術演講，牟先生轉頭，指著追隨在後的我說：「他講得比我好！」余校長也隨即邀約，請我在文學院週會演講。

當天，時任立委的紀政小姐，正在另一學院演講，余校長卻出現在文學院週會的演講現場。記得我的講題是「生命存在的底據在那裡」。三兩天之後，余校長即打電話到淡江大學中文系找我，邀約在臺大校友會館喝咖啡。閒聊間即將中央大學文學院的聘約書遞給我，誠懇的邀請我加入中央大學文學院的陣容，並說想逐年成立文史哲及藝術研究所，而朝向建構一個完整大學的理想邁進。余校長的用心在：理工學院的學生，亟需人文的教養與化成，而管理學院的學生，也要有文化傳統的世界觀與價值體系作為根柢，才能為國家社會造就可以承擔大任的人才。

我當時的感受，是蠻震撼的。在今天這樣的時代，還有大學校長自己站出來，到處訪求理想師資，而不是高踞校長寶座，坐等十行書上門薦舉，或學人專家自行前來應徵求職。這是生平所僅見的當代傳奇，而書寫這一頁的卻是余校長自己。

余校長不僅要聘任我，且要我再推薦人文界的傑出學人，我立即推薦曾昭旭，且強調他任職高師大，身為獨子，家有年邁雙親要照顧，南北奔波相當辛苦，比我更迫切的需要中大的教職。校長還特地去聽了一場曾昭旭在師大會議廳的演講，並發聘給他。沒多久，校長再約見面，仍遞出聘書要我當面應聘，說：「你推薦曾教授，他已經回聘了！」似乎他接納了我的推薦，而我也得以應聘回報。

校長有意無意間，導向「條件說」，逼得我幾無後退的空間，他如此看重我，我當然感激在心。問題是，淡江大學在我感覺文化哲學系氣氛轉壞的時刻聘任我，我怎能在未得張建邦校長的同意下，率爾接下聘書！所以，還是請校長諒解我的為難。校長說：「你接下聘書，才有立場去跟張校長談啊！」我說：「我還是等張校長同意之後，再接聘書吧！」

又等了一個月，淡江大學與蔣緯國將軍舉行了戰略研究所成立的演講會，請我講論老子的戰略思想。會後聚餐，我跟緊鄰的張校長報告：「我想去中央大學，余校長請我去開辦中文與哲學的研究所。」張校長在酒席歡暢間，遽然聽到我求去的話，一臉黯然，沒有立即做出回應，氣氛顯得尷尬，一直到即將散場的時刻，才轉頭跟我說：「好，你還是回來兼幾堂課吧！」

有了張校長的許諾，第二天我接下了余校長的聘書，第三天，時任淡大研究學院院長的張紘炬先生跟我說，他們去向張校長抗議，怎麼可以答應王教授離開淡江呢！張校長的回答是：「人家要去國立大學，我不能擋他的路。」張院長以私人情誼勸我留任淡江，共同打拚，我抱歉的說道：「來不及了，昨天我已應聘中大！」

那一年（民國七十五年）有一段插曲，文化大學董事長張鏡湖先生也幾度約見，要我回文化大學去主持哲學系所，甚至包括中文系所的系務，並給出全面整頓的空間。我在一兩月間跟三位大學校務主持人共餐或喝咖啡，壓力很大，面對人生重大的抉擇，最後我婉謝文化說是為我平反的邀請，也滿懷虧欠的離開淡江，而上了中央，追隨余校長。第二年成立中文研究所，第三年成立哲學研究所，曾昭旭擔任中研所所長，我擔任哲研所所長。

未料，此時校園民主的風潮，已狂飆而起，席捲臺灣各大學學園，中央大學更是波濤洶湧，而最大的衝擊集結在文學院，余校長在得不到教育部應有的支持之下，做出了辭職的重大決定，選擇尊嚴的離開中央大學，而轉任國家考試委員的清高職位。

校長懷抱的人文理想，顯然承受了挫折，儒家人文化成的理念，與當代民主風潮，似乎存在著本質上的緊張。我們捲入其中，在大多數票決的體制下，僅能無奈引退，成了邊緣人物。其中，我答應借調臺北大學籌備處四年，浪跡中大校園之外，也算是壯志未酬的自我解脫之道吧！

——二〇〇二年七月二十九日《中央日報》

大師對話

北京清華大學，為了慶祝楊振寧先生八十壽誕，而舉辦了「前瞻科學研究」學術研討會，在祝壽酒會席間，星光閃閃，來自各門科學的代表性學人，聚集論學，堪稱難得一見的盛會。

在新聞鏡頭的捕捉下，閃現了一段大師對大師的即興對話，看似閒聊問候，卻藏有深意，身在臺北，僅從電視畫面，抓不住現場的氛圍，而鏡頭飄忽，只停留半分鐘之久，不過，已值得吾人細細咀嚼其中的況味了！

李遠哲先生行色匆匆，手持酒杯，站在數學大師陳省身的面前。陳先生年長一輩，坐在輪椅上，但見不遠處楊振寧先生正跟與會學人寒暄。難得現場淨空，鏡頭停格在兩位大師的照面對話。

陳先生微露笑容，說道：「你現在是很要緊的人哪！」李先生略帶莊嚴的回應：「這個世界遠比我們想像的複雜！」

不知是否記者長相隨，這一場大師對話，甫拉開序幕，卻已然落幕。但見李遠哲先生轉身而去，沒有祝福，也未見道別，臉上帶走的卻是落寞的神情。電視鏡頭畢竟少了一點靈性，而記者也終究欠缺敏感度，現場沒有留下陳省身先生的後續身影，想必是一臉錯愕不解吧！

對我們而言，何止錯愕，根本是遺憾！兩位當代中國的學界大師，一心在北京，一志在臺北，數學與化學之間，不該有那麼大的隔閡，何況兩人間，情意與理想的交集，當然會落在兩岸中國的話題。兩人本長居美國，李先生懷抱使命感回來臺灣，陳先生心懷故國的歸根情思，此間反映出老華僑與新臺僑的心理落差，故這一席各自表述的對話，已然存在著兩岸的立場。

陳先生話中帶話，「很要緊的人」，說的是李院長在臺北的學術分量，與社會發言權，前後任兩位總統對他的禮敬與尊重，可能前所未有。尤其他在大選前夕的發言表態，已被認定是臨門一腳的關鍵。所以，感嘆句的背後，實則是大大的問號，狀似讚美，無異責難，當然也心存期許。

李先生在臺北，已備受學術與政治之間的質疑，他的回應不從理想層發言，而從現實層回應。這個世界的複雜，不僅在兩岸中國，也在臺灣各黨團；也不僅在各黨團，根本還在各黨團的內部派系。省身老大純任理想，遠哲中壯亟須走過人間艱苦，所以，問號還得回歸嘆號，此情此景，兩岸中國人還是同歸一嘆吧！

——二〇〇二年七月二日《中央日報》

誰理你 那你管我

世界衛生組織召開年度大會，臺灣派代表以觀察員的身分與會，並以臺灣名義，正式申請入會，竟被中共以政治理由擋在門外，且僅能枯坐旁聽席，而不能在會場發言。臺灣承受大陸SARS疫情擴散的牽累，正連串爆開醫院感染的病例，亟需世衛的支援，大陸代表可以無視於臺灣人民的死活，而宣稱已提供資訊與醫療的協助，故臺灣沒有加入的必要。

就在大會門外的長廊間，臺灣記者追問：「何以臺灣不能入會？」大陸代表竟以蠻橫的姿態、不屑的語氣，拋下一句無情無理的話：「沒有聽到大會已做出決定了嗎？誰理你們啊！」這句話有如核彈般，在臺灣同胞的心中爆開，殺傷力絕對超強，SARS疫情立即減緩，非典型肺炎病毒，已被傷害同胞感情的心傷病毒取代。

我們不知，是記者糾纏追問，讓大陸代表失去耐心與風度，而以叫罵收場；還是霸權心態使然，根本無須做任何隱藏，直接表露我就是要打壓你們，你們又其奈我何！

反正，不是欠缺人文涵養，就是對解決兩岸問題過度的急迫感，而以傲慢的姿態，來掩飾自家的不安，此在人與人之間，已屬失禮，何況在國際舞臺公然演出，若然則兩岸前景何在！

依吾人的觀察，大陸傾盡全力，拉開對臺統一戰線，從中央到地方，從省市到縣治，都設有國臺辦，用心拉近兩岸人民的感情，並對投資設廠與探親觀光做出服務，投入的人力、心力與財力，可謂難以估計，投入者多，則預期必大，此有如投資報酬率般，若回報遠不如預期之大，會心生不滿，此在兩岸互動間，留下了不可測的變數。

再說，大陸對兩岸民間學術文化的交流，很開放也很柔軟；而在國際外交的角力折衝間，涉及臺灣地位的主權問題，即有如碰觸罩門一般，成了致命的傷痛，態度無不火爆而神情循例僵硬，這一兩極反應，讓人受不了。倘若，大陸可以說出「誰理你們」這麼決絕的話，豈不是逼臺灣同胞也說出對應的話：「那你管我！」

吾人要敬告兩岸領導人，大陸別老是壓縮臺灣的外交空間，殊不知委屈總逼出悲壯；臺灣也別迫使大陸老在外交場合說出有失風度的話，暴露有礙觀瞻的鏡頭，是則對臺灣的不滿會逐步加深，你既無情，又豈能責我不義，兩岸的未來前景，總得在同胞之情與兄弟之義間，尋求出路。否則，誰理你，那你管我，情義就此淡了，也遠了，大漢子孫就此咫尺天涯了！

——二〇〇三年六月三日《中央日報》

大巧藏身笨拙間

我在華山講堂開講孔孟、老莊、與荀韓的經典系列課程，已有十二年的歷史；而講得最長久、也最深入的則是老莊。因為當代人從傳統邁向現代，又從鄉土走入都會，痛失了傳統家族的生命共同體，也失落了舊時鄉土的文化保護區，家族散開了，鄉土汙染了，四無依傍，又孤立無援，置身在忙碌不堪、茫然不定與盲昧不明的存在處境中，身心靈三層次，同時出現了大病痛。《莊子・養生主》說「庖丁解牛」的寓言，由目視而心知，進至神遇的工夫次第，來解開牛體的複雜，與心知的負累，從而釋放了自我，也同時釋放了天下，讓天下萬物在神遇的觀照下，得以照現每一存在的自在天真，這一天下萬物的生成原理，同時也是藝術美感的源頭活水。

以是之故，在講堂的一角，總出現一位素樸而鄉土的老面孔，他是常客，像一座小山安住天地間。一邊聽課，一邊沉思。我知道他在消化哲人義理，且融入他的生命體驗中，看他氣定神閒，已貼近他春和的自家名號。

此《莊子．德充符》，通過孔仲尼，解析「才全而德不形」的修養工夫。

死生存亡，窮達貧富，賢與不肖，毀譽饑渴寒暑，是事之變，命之行也，日夜相代乎前，而知不能規（窺）乎其始者也。故不足以滑和，不可入於靈府。使之和豫通，而不失於兌；使日夜無隙，而與物為春，是接而生時乎心者也，是之謂才全。……

平者，水停之盛也。其可以為法也，內保之而外不蕩也。德者，成和之修也；德不形者，物不能離也。

人生路上，既有死生、賢不肖的氣命流行，又有窮達、毀譽的人事變遷，人物命限，而世事無常，就在生活周遭交替出現。吾人既不能預知事變命行之所從來，故不可讓它闖入心靈，而擾亂了本有的虛靜和諧。一者要開啟生命的窗口，與萬物並在同行；二者又要讓生命和悅流通，在與萬物相接互動的每一當下，要能隨時萌生春意，而湧現靈動的生機活力，雖承受龐大且沉重的存在壓力，而依然保有童心天真。

不過，保有天真的才全，由德不形的內斂涵藏而來。每一個人都有獨特的才氣，也都會閃現才氣燃燒的光采亮麗；不過，可別隨意揮灑，或過度燃燒，反而要德充於內，而不形之於外。因為，內在藏不住，直衝而出，會凸顯英雄氣與優越感，而把別人比下去，成了別人的負擔與壓力。不如深藏虛靜，一者讓生命柔弱似水，往低處流，而同時潤澤萬物；二者水平靜止，可以作為平齊萬物的準則，且水性透明，可以虛靜如鏡，而一體照現萬物。只要內保有平靜，外就不會流蕩失真。莊子說：「唯止能止眾止。」自家生命虛靈靜止，就會引來萬物來此依止停靠。成和之修的自在天真，不僅物不能離，且與物為春，藝術創作的靈感創意，就此流動在一件又一件的陶藝作品中。李春和先生，長久浸潤在老莊的生命大智慧間，他以主體修養的止，讓藝術作品以它們自己的本來面貌，呈現出獨有的風姿神采。虛室生白而吉祥止止，不論是創作者，作品與觀賞者，情意美感的生發與交會，都要心靈虛靜，而顯現互發的光亮。

這十年間，春和先生由業餘的陶藝工作者，走向專業的陶藝創作者。每回來吾家喫茶論道，都會攜來他的新作小品，才驚喜發現他深藏不露的藝術才華。他的用釉工夫，沉潛日久，積累豐厚的經驗與成果，已有突破性的進展。他的作品，仍以傳統的造型為素材，而尋求新生命的創發。從他現身說法的自我詮表中，看他一路走來的心路歷程與創作身影，真的是已經由技藝的層次，進至體道的層次。

他發現中國陶瓷的發展，大多局限於器型之內，他試圖活化釉色，來突破困局，讓釉色在作品中，找到自己的出路，行其所當行，每一件作品，因而有了自己的生命。他面對素燒胚體，在夕陽斜照而暮色蒼茫間，放下自己和它對話，閉起雙眼等它醒來。在混沌未明之際，作者睜開了眼睛，一眼看到它，它就在那兒，它已臨現人間，這就是藝術創作最不可思議，也最動人心弦之處。因而每一件作品，不僅有作者技藝層次的匠心獨運，且有作者的智解妙悟的生命理念直接融入其中，它的深刻性在此，因為道在其中。

春和先生說他的創作，在傳統的空間性之外，加入了時間性的因素。一者作品在轉盤的旋轉間，呈現多樣且連續性的面貌；二者觀賞者也可以轉移觀看的角度，看到作品在流轉中的神奇變化。如〈月隱〉，在夜色與月光的有無交錯間，似乎走入了由望月而弦月的時光隧道，有如太空漫步般，流連忘返。

最讓人驚嘆不止的是〈素狂曲水〉的妙手天成，它以釉代墨，將〈自敘帖〉的狂草，臨摹書寫，種在曲腰杯裡，感覺狂草就要破杯而出，凌空飛去。並引入王羲之曲水流觴的千古雅集中，讓上百個狂草曲腰杯，如風之飄水之流的曲折排列，在平面空間流動伸展，蜿蜒前行，賦與既簡單又豐富，既傳統又現代的新生命，靜觀入神，似乎群集蘭亭的名士風流，又回到了人間。此則不僅有了時間的因素，更觸動了觀賞者的內心，因而作者、作品與觀賞者的生命，同體流行，一起加入了藝術創造的行列。

老子說：「大巧若拙。」大巧的藝術作品，把自己深藏在笨拙間，此有如道隱無名，大道不顯自己，把自身隱藏在看起來什麼都不是的無名中，道無自身的光采，卻善貸且成，而把亮麗留給萬物。春和先生的陶藝作品，是他一生修養的體現，他的巧他的名，已被老莊哲理化掉，他正往大跟道的化境走去。

我有理由相信，當代的陶藝，將因他的出現，而推向嶄新的創作理境。

——二〇〇二年十一月十一日《中央日報》

三代傳承與兩代互動

人生兩大事，一在為人父母，二在為人兒女，在世代傳承間，我以儒學的義理，來孝敬父母，以道家的智慧，來教養兒女。

中國人立身處世有兩大倫，誠如孔夫子所說的：「君君臣臣，父父子子。」一是父子之命，二是君臣之義。命是來自血緣親情的天生命定，命定不可離，是為天倫；義是來自道義理想的人間遇合，合則留，不合則去，是為人倫。

此乃《莊子・人間世》云：「天下有大戒二，其一命也，其一義也。子之愛親，命也，不可解於心；臣之事君，義也，無適而非君也，無所逃於天地之間。」人物活在人間，要通過兩大難關，一是天生本質的命，二是後天發生的義。每一個人的命，從父母而來，故天下兒女，都愛自己的父母，而這樣的愛，發自內心深處，所以是解不開。父子親情既不可離，又解不開，那我們就得認命。

認自己，認生我們的父母，也認我們所生的兒女，三代一起認，愛親是命，認命是認同這一永遠也解不開的親子之愛。

今生兩大事：了前生，修來生

佛門說三世因果，前生是因，今生是果；今生是因，而來生是果。因果業報，種善因，結善果，積善業，得善報。不論前世、今生與來生，都只有我自身，而我最愛的父母跟兒女，卻在三世因果的詮釋系統中不見了，所以我們要儒家的三代傳承，來消化佛門的三世因果。上一代是前生，這一代是今生，下一代是來生（臺灣鄉土說兒子是後生）。今生兩大事，一在了前生，二在修來生，了前生要孝敬父母，修來生要教育兒女。

《莊子・養生主》開宗明義，說人生的存在處境：「吾生也有涯，而知也無涯，以有涯隨無涯，殆已！已而為知者，殆而已矣。」人生百年大限，沒有人不在歲月中老去，唯一的突破，就在生一對兒女，代表我們再活一生。問題在，生兒育女總得懷抱提攜，疼惜呵護，陪伴成長，與教養化成，而為人父母卻投入人間街頭名利權勢的爭逐奔競中，所謂的「知也無涯」，是想要的太多，且永遠停不下來，而難以分身兼顧；「以有涯隨無涯」，為了伸展有涯之命，反墮入無涯之義的擴張中，而形成了親子間難以跨越的鴻溝，與無可彌補的遺憾，甚至是永難化解的傷痛。爸爸在兒女的成長歷程中缺席，等那一天功成名就，再回頭兒女已不等我們了，當真是「揮手自茲去，蕭蕭斑馬鳴」了。

祖父對不起父親，外公對不起母親

我的父母是屬於傳統鄉土的上一代，我的兒女是屬於現代都會的下一代，我則是既傳統又現代、既鄉土又都會的這一代，我的一生注定是上下兩代的橋樑。我的父母親，不僅出身傳統鄉土，而且都是苦命人，我的祖父對不起我的父親，我的外公也對不起我的母親。祖父抽鴉片，爸爸年少時就得質押出去當長工，來供養他的毒癮；外公上酒家，把酒家女帶回家，家產揮霍一空，還逼外婆離家改嫁，他自己英年早逝，害得媽媽從小失去父母的愛，而寄人籬下，要我對他們心生敬意，那是很困難的，祖父與外公永遠是我成長路上的負面教材。爸媽沒有在校園接受應有的教育，僅憑天下父母心，加上爸爸性情厚實，媽媽心智靈動，來生養我們九個兒女。

他們並不因為缺乏父母的疼惜，家庭的溫暖，而失去了對親情的信念，我們九個兒女還是在父母的愛心羽翼下成長。儘管窮苦，一家人還是黏結在一起，儘管兄弟姊妹各奔前程，家族仍像老家門前那棵大榕樹般，枝葉繁茂，而根深柢固。

小時候，還是會羨慕富有人家的子弟，什麼都有，而怨嘆自己什麼都沒有，在起跑線上落後許多。哥哥考上初中，成績排名第二，也不得註冊就學，因為繳不起學費，小學剛畢業，就背起行囊，遠離家門，到異地他鄉討生活，賺取薪資以貼補家用；姊姊也得到遠地姑媽家去幫做家事，積存零用錢寄回家，甚至三個姊妹從小就給別人家當養女，也就失去就學的機會。

在這樣的家境之下，我似乎代表家族讀書，一直跟父母生活在一起。靠公費升學就讀，南師與師大畢業，都聽從父母的話，回家鄉教書，一方面減省開銷，一方面也成了父母的榮耀。我的薪水袋是完整獻給媽媽。為了進研究所，我進了北一女教書，仍以薪資支持家用，甚至有機會應聘香港書院教書，也因媽媽反對而作罷。

媽媽一點醒，人生路回頭

我跟父母相處，從小乖巧聽話，沒有叛逆，也沒有隔閡，反正現實的窮苦，壓在心頭，反而沒有心事萌發的空間，記憶中有一回跟女同學交情破裂，可能神情黯然，媽媽要堂舅陪我聊天開導，最嚴重是在婚姻出現危機的時刻，媽媽傷感地說：「怎麼你們讀書人，也會出這種問題，你都念到博士了！」媽媽一點醒，人生路就此回頭。

我孝敬父母的方式，是為家門增長榮耀，帶媽媽去醫院看病，她不說病情，先跟醫師說：「他是我兒子，他是博士，他當教授！」我寫了幾十本書，父母不能讀，不過節目中亮相，不管是演講或訪問的鏡頭，他們就有好心情。

他們或許輸了，我要尋求敗部復活的可能，讓他們贏回失落的光采。陪他們回家鄉祭祖、掃墓，也拜天公，在街坊鄰居行走，找回榮耀跟尊嚴，爸媽一生委屈受苦，做兒女的要為他們平反，他們老去，有如小兒女，我們要拍拍他的背，親親她的臉，擁抱他們，說貼心的話，就在今生今世還報，像小時候父母帶我們一樣的呵護疼惜回來。

有一回媽媽呆坐客廳，眼看天花板，顯然沉浸在老年的傷感中，我蹲在她的身邊說：「媽媽，我是妳生的，我每天代表妳，到各個地方去演講教書，寫作出書，妳看那麼多個孫兒女，都長得可愛，又懂得讀書，我們通通都是妳的化身。」別讓父母在孤獨無依中老去，我們三兄弟每週末週日家族聚會，四代同堂，讓老人家看著窩心，也安心，老年原是滿園豐收的季節。而今我們一家人已從西螺家鄉移出，在臺北定居，家族依舊如老家門前那棵大榕樹，枝葉繁茂，而根深柢固，六個姊妹散居各地，我們三兄弟南下，還一家一家去探訪問候，代表父母去慰問照顧他們。

女兒的漂亮，爸爸的責任

我的一對兒女，從小跟著我們讀書，生活單純而充實。他們求學路上，享有自主的空間，我絕不讓他們覺得匱乏，零用錢不能少，甚至主動徵詢，要不要申請爸爸的專款補助，諸如購置圖書、手提電腦、望遠鏡、照相機等，相形之下，我自身的開支，反而儉省許多。

女兒念國、高中階段，也參加演講、作文比賽，講稿還由我撰寫，卻未得前三名，我問她說：「怎麼沒得獎呢？」她白我一眼，說了一句：「還不是你生的！」我大徹大悟，原來是爸爸的責任，此後她的服飾、美容品，都由我的零用金支付，因為女兒的漂亮，做爸爸要負起完全責任。女兒念中山女高，再讀政大，都沒考上第一志願。我們沒有責難，卻難掩失望之情，她感覺不好，寫信跟父母抗議，我還得寫一封長信，表達對她的愛與歉意，她才釋懷而重露笑容。大學畢業，要她考研究所，她拋回一句，絕不在壓力下考研究所。閒散過一年，她自己表白想考研究所，我不敢表露歡喜相，趕忙說：「對，成長是妳的權利。」她同時考上政大與臺大的社會所，幾位在大學任教的叔叔、阿姨，都勸她進臺大，她卻衝著我說：「臺大有什麼好！」她選擇了她政大的母系，碩士論文通過，又閒散一兩年，突然間決定要去美國讀書，攻讀家庭婚姻與治療，有三所公私立大學接受她，她選擇的是學費貴的私校，我說：「爸爸只好從中央退休，再去淡江教書，多一份薪水給妳讀書！」她卻老神在在地說：「你老早就兩份薪水了！」女兒對爸爸如此有信心，我還有什麼話說。

從E世代而言，兒子算是稀有動物

兒子一直很用功，高中上了附中，大學考上第一志願，他填的是臺大動物系，姑姑碎碎念，說人家分數不夠高，沒有辦法，怎麼分數考那麼高，還不填醫學院醫科，我只勸他不要填清華生命科學系，因為臺大離家近。他碩士班念醫學院生化所，取得碩士學位，遠去金門服役，而今又通過插班考試，考回臺大法律系，這一曲折的求學路，跌破了親人朋友的眼鏡，大家問他也想當總統嗎？我保證不是，只因為他不想每天看顯微鏡，研究病毒而已！

他三度出國旅遊，都前往非洲，分別去南非、肯亞，還有辛巴威、波扎那，只去國家公園看飛禽走獸，而不去都會區逛商場，從E世代而言，他算是稀有動物，做爸爸的僅能完全信任，並提供支持，因為爸爸永遠都是兒女的啦啦隊。

我以儒學的義理，孝敬我的父母；我以道家的智慧，教養我的兒女，在三代傳承間，我扮演的是上下兩代橋樑過渡的角色，萬幸的是，我們一家人還是老家門前那一棵大榕樹般，枝葉繁茂，而根深柢固。

——二〇〇三年七月《張老師月刊》第三〇七期

說希微也無希微

《費玉清的清音樂》，唱出了〈孤女的願望〉，這一充滿臺灣鄉土味的歌聲，悠揚中藏有女兒家的深層哀愁，讓我跌落在懷想舊時歲月的記憶與傷感中。此曲與〈媽媽請你也保重〉一樣的反映了異鄉遊子長年流落在外，為生活打拚的心聲，心中放不下的是故鄉的阿母，散工下班，孤寂落寞之感，襲身而來，情傷之餘，也哼起幾句以紓解心情，當下獲得了些許精神的撫慰。

此等鄉土歌曲，流傳在民國四、五十年代，那時我在鄉下小學教書，緊鄰校園的大戶人家，以其民意代表的身分，老是把收音機開得震天價響，善意兼熱情的向全村播放，打破了農村大地的沉寂，讓歌聲陪伴正在田園中辛勤耕作的莊稼男女；不過，也擾亂了校園課堂的清靜。我要全班學生集體朗誦國語課文，聲勢上對等平衡，琅琅讀書聲與鄉土歌聲，兩相呼應，也彼此唱和，對舊有鄉土而言，該是最溫馨的氛圍吧！

〈孤女的願望〉，向天下人訴說自己的心曲，「從小離開父母的身邊，沒有人替我安排未來的代誌」，哀傷自己是「無依偎的可憐女兒」，正尋求可以棲身的土地，不管天涯海角落腳何處，總是難掩「心內的希微」。這樣素樸的語句，每回總是打進我的心坎裡，想起媽媽的身世堪憐與成長的孤單，不覺會從內心深處重重的嘆了一口氣，盼望媽媽心頭的哀傷，能隨著歌聲而消散遠去。

「希微」一詞大有學問，出自《道德經‧十四章》：「視之不見名曰夷，聽之不聞名曰希，搏之不得名曰微。」老子說形上之道的存在，超離在官覺與心知之上，道無聲無形，看不到，聽不見，也碰不著。心情說是「希微」，因為父母不在了，心頭想念，卻看不到父母的身影，也聽不見父母的話語，不過父母的愛一如天地，總會陪伴著自己，而成為自己孤身走天涯的動力與支撐。

人生路途坎坷多艱，人間情愛遇合難定，不必家庭破碎，也可能離鄉背井，沒有父母為自己作主，當然會落在寂天寞地之中。此時「心內的希微」自然升起，除了自我哀憐之外，可別忘了父母雖不在身邊，卻有如無聲無形的天道，永遠跟我們同在同行，說希微實則不希微，唱曲〈孤女的願望〉，或〈媽媽請你也保重〉，或許哀傷悲愁，就會隨著歌聲飄離而去吧！

——二〇〇三年八月十二日《中央日報》

母親節的禮物
——釋放自己也釋放兒女

母親節是屬於天下兒女的節日，兒女在這一天，感恩孝敬母親一生的辛勞。

不過，不必把母親節說是母難節，生育是苦，養成更苦，似乎兒女來到人間，是母親的一場災難，這樣的說詞太宗教性了，為了深植兒女的孝思，把本來充滿歡喜的生命誕生，說成了十足悲壯的生命苦難，讓兒女歉疚自責，大大減損了活出一生的美好空間，像是滿天陰霾，壓在兒女的心頭。

實則，天下父母心是在喜悅的心情下，迎接新生命的到來，這是人性由人間男女，往天下父母的高層開拓，展現人性的光輝。人生百年大限，永遠是古往今來每一個人的共同命運，宗教信仰為我們安排了此生之外的來生，此岸之外的彼岸，或人間之上的天國。在我們的文化傳統，不說來生，彼岸與天國，心思專注生命凝聚於此生此岸的人間。先哲古聖深知有一天我們會離開人世間，也不願預留退路，說還有來生彼岸的天國，而是斬釘截鐵的說，一切希望就在今生今世的人間。

問題是，此生終了，豈非掉落在斷滅論的虛空中，而讓人生顯得虛無蒼白；中國人不認輸，不向死亡低頭，而是生出更年輕更美好的兒女，代表自己再活一生。兒女等同父母的再版重現，把此生的困頓遺憾，在兒女的身上去求得扳平與彌補。沒有人不在歲月中老去，若無新生命的到來，每一家族無不走向衰亡絕境，生命的奧祕就在世代綿延，子孫永傳。死亡不再能打敗我們，我們就在今生今世間永生。

這是何等莊嚴的大事，也是何等歡喜的美事，怎會說成災難，貶抑母親節為母難節呢？所以母親節當該慶生，兒女誕生了，新生代傳承接棒，等同開天闢地，是人世間最高貴動人的突破！兒女在這一天，要懷想生命從何而來，是父母生成，所以要真情感念父母。《莊子．人間世》有云：

> 子之愛親，命也，不可解於心。

命是父母生成，兒女認自己的命，也得認自己一生對父母的愛，而這樣的愛是從心底發出來的，我們一生愛父母，而這是與生俱來的命，是不可能解開的命限。

生我者父母，何以母親節深植天下兒女心，而父親節僅因諧音（八月八日）而聊備一格呢？那是兒女皆在媽媽的子宮裡孕育，且吸媽媽的奶水長大，更別說懷抱三年、提攜終身了。乾稱父，坤稱母，父母是兒女成長的天地，然而兒女最親的人，終究是母親。臺灣鄉土流行幾十年而永不衰退的歌曲，竟是〈媽媽請你也保重〉，兒女遠離農耕鄉土，擠進工商社會，為前程打拚的支撐動力，卻在異地他鄉，每天懷想故鄉的阿母，而這樣的孺慕之情，不可能投注在爸爸的身上，因為少了一點母愛的溫柔與母懷的包容。

《易經》乾元的陽剛開創，在儒家哲學傳承弘揚，坤元的陰柔乘載，則在道家哲學消化深藏。老子現身說法，云：

> 我有三寶，持而保之。一曰慈，二曰儉，三曰不敢為天下先。慈故能勇，儉故能廣，不敢為天下先，故能成器長。（〈六十七章〉）

父嚴母慈，千古定論。慈母心天生自然，飛禽走獸皆然，母慈延續了物種，人間世界女性雖弱，為母必強。慈故能勇，老鷹俯衝而下，挺身捍衛小雞的則是母雞，從生兒育女的擔當與付出而言，母親大大越過了父親，且這樣的勇，不是「勇於敢則殺」，而是「勇於不敢則活」（《老子・七十三章》）。概括而言，父親偏向勇於敢，父子相責以善，反而傷害了父子情；母親堪稱勇於不敢，不敢為天下之先，反而為兒女預留成長的空間。勇於不敢，且不敢為天下先，老子說是「後其身而身先」（〈七章〉），媽媽把自身放在最後面，兒女就在最前面，而兒女在最前面，等同媽媽在最前面，就因為媽媽自身退藏，才孕育出兒女成長的天地。

這樣看似無為，實則無不為，看似消極，實則積極，把自身放在最後面是消極，而把兒女推向最前面則是積極，不敢為天下先看似消極，故能成器長則顯現積極，而這一在消極中隱藏積極的高明智慧，就是「儉」約，用最少的心力發揮最大的成效。老子說：「道常無為而無不為。」（〈三十七章〉）三寶統會，就是道，老子名言：

道者萬物之奧，善人之寶，不善人之所保。（〈六十二章〉）

天道是無限的奧藏，母親的懷抱是永恆的包容，不管兒女在校園街頭，成果排名如何，媽媽的心直如宗教的殿堂，永遠打開大門，等待遊子歸來。善者是成功者，不善者是挫敗者，成功者享有媽媽「與有榮焉」的眼神讚美，挫敗者也可以有依止停靠的避風港，在媽媽的懷抱裡得到休養生息的撫慰。

相應於陽剛的激越與陰柔的深藏，文化傳統嚴父的角色功能貼近於作法念咒的師公，而慈母的角色功能神似於媽祖的庇護保佑。爸爸形同師公，媽媽修成媽祖，讓天下兒女僅親近媽媽，而與爸爸疏離，就由於兒女是媽媽呵護帶大，媽媽一生的心血盡在兒女的身上，此帶出戀子情結，可以說是民間鄉土婆媳之爭的深層結構。破解之道，是在「生而不有」的母德。老子云：

生而不有，為而不恃，長而不宰，是謂玄德。（〈十章〉）

世俗民間的道德，落在「生而有，為而恃，長而宰」，每天爭取權益福報，說我生了你，所以你是我的，我為你做了一切，所以你欠我的；我帶你成長，所以你聽我的。老子有一反思，他若歸你所有，代表你沒有生他；你若恃為己恩，意謂你沒有為他做了一切；你總要主宰他，豈不是反證他還沒長成嗎？更弔詭的是，天下父母這樣的心態，豈不是自我反對，自己打垮自己嗎？

所以，母親節這一天，兒女認命愛親，把一切美好獻給母親。不過，最根本的覺醒當在，作為母親的人，要在屬於自己的節日，有如天道般的大聲宣告：「雖然我生了你，但你不是我的；雖然我為你做了一切，但你沒有虧欠我；雖然我帶你長成，但你不必聽我的！」念動真言，法力無邊，媽媽釋放自己，也同時釋放兒女，這是母親節媽媽給兒女最珍貴的禮物，感激兒女接受媽媽的愛，媽媽的一生因你們而美好充實！

此所以媽媽是媽祖！

——二〇〇〇年五月《國魂》

心結誰來解

一生求學路上，最大的遺憾是沒有上過臺大，在我成長的年代，臺灣鄉土仍處在貧困匱乏的狀態，家無恆產的寒門子弟，唯一出頭的機會，就是念公費的師範學校。

師範學校的課程，是為培養小學師資而設計安排，諸如教育概論、教育心理、教育行政、教學與實習、測驗與統計等專業課程，才是重頭戲，而擠掉了高中階段應平衡發展的英數理鐘點。雖說仍給出了服務一年而考績甲等者，可以報考大學聯考的空間，卻僅能填寫師範大學三、五個科系的志願。

我靠自修參加聯考，由臺南師範升進師範大學國文系，還是靠公費讀書。臺灣大學與師範大學僅隔幾條街而已，對我來說，卻咫尺天涯，四年間從未踏入臺大校園，它成了心理忌諱，為了維護師大人的尊嚴，不僅沒去旁聽名師叫座的課，甚至胡適先生轟動一時的公開演講，我也守在師大宿舍昏黃的燈光下，讀自己「之乎者也」的書。

這樣的遺憾，藏在心頭。身為師大網球隊的一員，四年間參加大專聯賽，隊友間相約，什麼學校都可以輸，就是不能輸給臺大。何止遺憾，根本已成心結。

一直到我在一女中教了三年的那一屆學生，一班三十幾個同學考進了臺大，才解開了我心中的結，好像臺大也不是那麼高不可攀的地方。甚至還陪著一女中校友隊，參加新生盃辯論賽，她們得了第一名，我心裡的憾，才歸於消散。

總要在吾家兒子考上臺大動物系之後，我一生未進臺大的憾跟結，才獲得了平反。不僅是心智傳承的學生，幫我考上臺大，而是血脈相連的兒子，代表我走入臺大的校門，這時的我，才真正的把背在身上的痛，完全放下，我打從心裡肯定臺大是臺灣第一學府。

抑有進者，吾家女兒同時考上政大與臺大的社會學研究所，多位在各大學任教的叔叔阿姨，都鼓勵她念臺大。她在群情包圍間，問了我一句話：「臺大有什麼好！」一時之間，我還真答不上來，我總不能說，那是弟弟念的學校啊！她還是選擇念她出身的政大。我不僅沒生她的氣，根本就對她肅然起敬，原來還有人考上臺大，卻不念臺大。我那裡還有心結忌諱，一生的憾跟痛，已獲得了徹底的救贖！

吾家兒子動物系畢業後，接著升上醫學院生化所，學位完成，又插班考上臺大法律系，真的是跟臺大沒完沒了，不知是否爸爸引以為憾的業障太深了，竟累得吾家兒子要以三進臺大，來撫平他老爸心中的傷痕。

有一回從吾家巷口走出來，被一位青年學生擋住問候，並請求簽名，他是臺大的研究生，臨別問了一句話：「像你這樣的教授，怎麼不到臺大教書！」那可真是「大哉問」，我淡然回了一句話：「那可要問你們的校長啊！」不過，我已無憾！

——二〇〇三年三月十一日《中央日報》

為兒女找成長的伴

現代的家庭不是兩個孩子恰恰好，就是一個不算少，使兒童缺乏一起成長的兄弟姊妹。新生代的童年，往往在祖父母的包容，與父母的呵護中長大，孩子很自然的會以為人家對他好是理所當然的事，就好像是天上掉下來一般，不知道要好好珍惜。

等孩子上了幼稚園、國小以後，在同儕生活中，孩子驚覺自己不再是唯一的主角，漸漸的告別了小祖宗的獨霸歲月，學習去尊重別人，遵守遊戲規則，贏得同學的友誼。

不過，課堂上的同學相處，重點通常擺在知能的學習，做不做得成朋友，除了一起寫功課之外，還要一起打球，或者是參與社團。藉由學業的共成與樂趣的分享，才能在日久天長以後，成為相知相惜的朋友。

問題是，近來社會犯罪率升高。孩子放學以後，父母因為安全顧慮，大都到校門口接孩子回家，同學之間根本沒有做朋友的可能空間。這樣的結果，造成現代兒童的玩伴多半是電腦、電視，而不是有血有肉，有心肝有感受的人。網路上的虛幻世界，架構了成長的樂園，也造成了人際關係的疏離、荒謬，與真假世間的錯亂。

所以，現代的父母又多了一分重責大任。你不能多生幾個兄弟姊妹陪孩子，就要為他找到兄弟姊妹。

建議你，可以和幾個好朋友取得共識，家長之間有認識有信任，孩子就可以互相來往，在家中聚會、論學，有如兄弟姊妹般的一起成長。不然的話，即使孩子的IQ兩百而EQ零分，終究會成了新生代的普遍形相。

《論語・學而》有一句話：「無友不如己者。」千古流傳下來，已經被奉為交朋友的無上準則。不過，這句話卻也被誤解為不要結交不如自己的朋友。這在功利主義與分數崇拜的現代社會裡，更被推波助瀾。孔子的教言，有如勢利眼似的，人人不屑於跟家世或分數不如自己的人做朋友，人人孤單前行，人人獨學無友。

如果交朋友不是因為氣質感應，與性情契合的抉擇，而是以身家調查，與成績評量來做論定，這根本是反教育的錯誤示範。

「無友不如己者」這句話的現代詮釋，應該要從友朋道義去思考。人生在世，要做到不讓自己的朋友不如自己，才對得起朋友。這就是「君子以文會友，以友輔仁」的精神所在。以文會友是做功課，以友輔仁是學做人。概括說來，朋友就是要一起成長，而一起成長不就可以培養出兄弟姊妹般的情誼嗎？

——一九九八年五月三十日《國語日報》

兒女成長怎能炒作

跂者不立，跨者不行。

——《老子》

父母教養兒女，期盼他們長大成人，且成龍成鳳，為的是，成全天下父母心的願望。

在兒女成長的歷程中，父母總是心急。有的帶兒女參加各種的才藝班，音樂、美術、舞蹈、作文、電腦等，幾乎排滿了行程。有的父母幾近「瘋狂」，以炒作速成的方式，責求兒女以天才的姿態，在短時間之內出人頭地。

老子說：「飄風不終朝，驟雨不終日。」狂風颳不了一個早上，暴雨也下不了一整天。狂風暴雨是天地的自然現象，尚且不能長久，更何況是人為的造作呢？

原來，天地悠悠，也會寂寞的。每天風平浪靜，也覺得無聊，老想走出千古寂寞，湊熱鬧似的來個超級大秀，演出了風狂雨嘯的戲碼。問題是，狂飆終將煙消雲散，如流行不久就會如泡沫一般，一去不回頭的，即便人間社會，最顯光采、熱力的人物，莫過於俠客英雄與名士文豪。然而，英雄氣魄與文豪才情的過度燃燒，也會把自己燒成灰燼，很難長久。

生命的成長，就像四季運行般，有它自然的進程，而不能揠苗助長。老子說：「跂者不立，跨者不行。」成長的兩大事，一是自我立足，二是天下行走。跂者踮起腳跟，想讓自己站得更高，反而站不久。跨者想拉開步伐，讓自己走得更遠，卻走不長遠。

十年樹木，百年樹人。跂者、跨者，正如飄風驟雨的不終朝不終日一般，或許可以聲勢驚人，風光一時，然而終究難成大器。

因此，聰明、有智慧的父母，對於兒女成長期的爭逐榮耀，不應該只是爭一日一時之短長，而是要讓孩子和自己競賽，並且隨著兒女才氣的感覺與性向的歡喜走。

請讓兒女用自己的速度跑在自己的跑道上，而不是為了競賽亂了步調！

——一九九八年六月十三日《國語日報》

別抹殺兒女的年少天真

天下父母心，說是可憐，實則可敬；可敬在無條件的付出。既是無條件，也就無怨無悔。

不過，依當前的親子關係來看，為人父母或許可以無悔，卻難無怨。父母心的重大考驗，總出現在兒女入學之後；他們不再是家中唯一的心肝寶貝，而是課堂上與同儕並列的眾生學童。作業和測驗的成果評量一出來，立即分出高下。本來成績排行僅是成長歷程的遊戲節目而已，大人一介入，情勢立刻轉為複雜，有如生死攸關的決戰。

自家兒女輸給別人子弟，臉上掛不住，心裡更不能平衡，疑惑著：一樣付出等量的辛苦，何以成果等第會有如此差異？愛心沒有回收，勞累沒有代價，心血盡付流水，有人陷入自責中，認為自己愛得不夠，用心不深；有人發出動員令，迫使不知愁滋味的少年竟日背書應考。上下兩代間，就此捲進沒完沒了的噩夢中。

多少父母以自苦的姿態，來證明自己對兒女的疼愛。就因為太愛也太苦了，所以輸不起；似乎除了兒女之外，自己一無所有，也就沒有可以輸的空間。當父母以兒女的分數排名，來評估自己愛的付出是否值得的同時，已散發出凌厲迫人的氣勢，凝聚激盪而成家裡的低氣壓。期許總有落差，不滿之情在心底發酵，築出一道無形的牆。而在兒女真切的感受中，父母愛的是分數，而不是自己。好子弟成了光耀門楣的工具，這一自我的失落感，加上與天真爛漫錯身而過的傷痛鬱結，總有一天會爆發出來。

大哲人莊子留給我們一句千古名言：「德蕩乎名，知出乎爭。」（〈人間世〉）天下兒女都是一樣的純真，不一樣的是天下父母的心思。人生幸與不幸，端看為人父母是否有智慧了。父母心誠然高貴，卻會生起執著心；執著心帶來分別心，分別心逼出比較心，比較心再牽動得失心。而得失心一起心動念，即掉入患得患失的無邊憂患中，人的天真就此一去不復返，一生都在名號排行的爭逐奔競中，痛失了作為一個人的真性情真品味，這豈不是愛之適足以害之嗎？

——一九九八年八月二十九日《國語日報》

一把良心的尺度
——給子女最好的禮物

父母關心兒女的成長，不該只是注意身高、體重的伸展壯碩，更應注重子女理想的開發與情意的安頓。

孔子曾說：「三軍可奪帥也，匹夫不可奪志也。」身為三軍的統帥者，雖然才智卓越，位高權重。然而在兵凶戰危之際，也有可能被敵方劫持而去。而一個平凡百姓心中所懷抱的理想與深藏的真情，卻是別人永遠搶不走的。

君子不器

孩子在校園中讀書成長，所學的是理論的知識與實用的技藝。然而知識與技藝再豐富、精熟，如果不懂得做人的道理，找不到人生正確的價值方向，很有可能會在人世間迷失或沉淪，變成社會的負擔。所以孔子說：「士志於道。」又說：「君子不器。」

原來，每一個人心中不可奪的志向，就是對「道」理的追尋與實現，而不是只停留在「器」用的講習與競爭。如果一個人空有形而下的「器」，卻無形而上的「道」，一生中或許如器皿般有用，卻會被世俗用掉，而失去往上走的價值空間。如果你的心中有「道」，就有一把無形的尺度，可以決斷人間的是非對錯，也就有一只生命的定盤針，可以找到人生的方向與道路。

永遠的財富

父母再愛兒女，也總有一天會離開兒女，不可能永遠陪伴他們，呵護他們。所以，為人父母要給子女一把良心的尺度，一只性情的定盤針。當我們不能守在子女身邊的時候，孩子可以自己做出適當的抉擇。

如果身為父母的你我，只給子女玩具、零用錢，而不培養子女立定志向理想，當子女長成以後，或許有能力在社會跟別人爭逐名利排行，卻不免在人世變動中起落無常。

給子女再多的錢財產業，都是靠不住的。永不撼動的，當該是給子女一把良心的尺度，一只生命的定盤針，那才是最好的禮物與永恆的福分。

——一九九八年八月一日《國語日報》

讓家成為溫暖的港灣

生兒育女是天大地大的事。所以，為人父母要有天地般的寬容，才能給兒女成長的空間。

老子說：「道者萬物之奧，善人之寶，不善人之所保。」天道生萬物，它的「生」是空出自己，有如山谷中空，可以作為鳥獸蟲魚與花草樹木的生長、奧藏之地。一個沒有執著偏見的人，他的心有如天地般無限寬廣，可以容納承受形形色色的萬物。

這樣的「道」，就像一棵枝葉繁茂的大樹，在夏日午後，可以遮住陽光，隱蔽數千頭的馬，在它的綠蔭下歇腳、生息，而不問牠是那一種顏色的馬。

人的心靈，經由修養可以一如天道般，包容立場迥異或觀點相反的人，使它成為得意者的寶藏，更是失意者的庇護所。

老子所說的「善人」與「不善人」的區分，不是天生品行的實質差異，而是人為造作的虛妄判別。例如，在現實生活裡，所謂的「善」，是考九十五分以上的學生，少了一分就會被老師、父母貶抑到「不善」的界域。難道真的一分之差，就成了截然不同的兩種人嗎？你真的要以聯考分數或子女考上第幾志願，來斷定兒女與學生的好壞嗎？

考試的分數，因著用功與否與考題難易而有高低之分。然而性向、才氣的強弱、清濁，卻是與生俱來的，所以，榜上排名真的是「莫教成敗論英雄」，那能加上「善」與「不善」這麼嚴重的冠冕呢？

孩子考不好當然自己要負責，不過他不是更需要父母的擁抱與鼓勵嗎？所以，老子這段話的重點，是在於：「不善人之所保」的這一句上，為人父母要讓孩子有扭轉、翻越的空間。

父母在兒女病痛的時候，總是加倍的疼惜他，在兒女跌倒的時候，也會火速的扶持，那麼為何在孩子考壞的時候，不僅沒有安慰他，反而還斥責懲罰他呢？

別忘了！父母是天地，要有「道」，才可以奧藏包容兒女啊！

——一九九八年三月二十一日《國語日報》

輯三　人間萬象

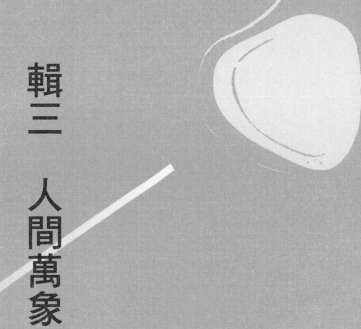

小城春回

日前在友人的陪伴下，到很年輕很現代的華納威秀，看了一場很古意很傳統的電影，是由田壯壯導演的《小城之春》。

背景是抗戰之後的偏遠小城，一家四口生活在破敗冷清的四合院裡，出門透氣的窗口，是已成斷垣殘壁的城牆，登上城牆，可以俯瞰周邊的鄉野風光。偶有遠處傳來的火車鳴叫聲，那是小城與外界的唯一通道。

就是這一條管道，帶來了一起長大而闊別十年的老朋友章志忱，他闖進了這一座死氣沉沉的老建築。年甫三十的男主人戴禮言，長年困守老家，悶出病來，病弱之軀已顯老態，日子在開藥煎藥間虛耗；女主人玉紋，嬌顏猶在而悲喜凍結，每天除了手提菜籃上市場之外，就守在長廊簷下繡花，或者孤獨步上寒風中危立的城牆，在蕭索中沉澱哀傷。未聞嘆息，周遭氛圍卻隨著她沉重的步履，而凝滯起來。

這一家人與一季寒冬苦苦相守，藥罐病體，上臉寒霜，映照著老樹枯枝，堪稱一室冰冷，滿園荒涼，偌大院落間來回走動而略顯生氣的則是管家老黃。小城春回，隨著在上海當大夫的外來客，而逐步的來到，他生動有活力，語出幽默，帶來了朝氣歡笑，也牽動了那位青春年少的妹妹，高昂的歡聲笑語，與舞動的身影，激盪在院落長廊間，一時之間，春天就在她的眼神流轉間臨現。

整個故事情節的轉折點在，外來好友與女主人竟是舊時的情侶，在戰火離亂時錯過了可以伴隨一生的情緣，十年之後再見，已成至交好友的妻室。久別乍見，劈口一句：「玉紋，妳怎麼也來到這裡！」說破了自家的心情。兩位至交重逢，與一對情侶照面，兩組混合僅成三人，就此爆開了一段短暫而劇力萬鈞的衝決時光。

一場生日小宴的縱情一醉，把深藏心底的情愛火花，逼出檯面，玉紋決意走出牢籠，志忱受困禮教，禮言有情有義，想成全他們，而唯一的出路竟是玉紋有如詛咒般的一句話：「除非他死！」

到了禮言吞食安眠藥，正在生死邊緣掙扎時，她卻對志忱說：「你一定要把他救回來！」原來，「死」逼出了「生」，有如冬去春來，「小城之春」不因章志忱而來，也不在年少浪漫的妹妹身上，而在從寒冬解凍的夫妻心中。

志忱走了，禮言依舊在荒園新生綠芽間裁剪枯枝，玉紋也坐回長廊簷下繡花，日子又回到從前，而生命已翻越了一層，一切都不一樣了，因為春天已綻開了歡顏。

——二〇〇三年四月二十二日《中央日報》

在他死與我走之間

《小城之春》的劇情張力，在夫妻恩情、知友情義與舊侶情愛的三人互動交錯中，到底當以何者為重？女主人斬截的選擇了舊侶的情愛，決意要脫離僅成形式已無內涵的婚姻牢籠；外來客則徘徊在知友情義的道德規範與舊侶情愛的真實生命之間，僅能隨情境而轉，已不知該何去何從；而男主人心痛於愛妻與知友間藏不住的熾熱舊情，又不想傷兩人的心，斯人獨憔悴，而反應卻最為理性，冷靜到逼自己消失，讓三人間錯綜複雜的怨憾心結，可以歸於單純而消解。

問題是，這一對舊時情侶，怎能承受住這麼決裂式的成全？所以說這不是理性思考的冷靜，而是感情衝動的冷酷，看似成全，實則是無可回頭的殺傷終結！

多少個漫漫長夜，一盞孤燈之下的斗室相守，這一對舊侶分分秒秒都面對存在的抉擇，雖相看無言，鬱積已久的情愛火焰，隨時會如同火山式的爆發衝出，禮教的藩籬已擋不住生命底層的愛慾能量。兩人在生命震動而良心不安中，尋求出路，外來客悲壯的說：「除非我走！」女主人卻決絕的說：「除非他死！」

果真，三人在悶哭、醉酒與哀泣間，男主人吞食安眠藥尋求解脫，這一對舊侶守著昏迷的他，情愛狂熱就在生死交關間冷卻消散。女主人說：「你一定要把他救回來！」外來客邊救人邊回應說：「對，誰都可以死，唯獨他不能死！」這是生命的對話，良心已無閃躲的空間，原來，起死回生的動力源頭，就在人性本身。

人間情愛，在我走與他死之間，真的再也找不到出路了嗎？記得男主人與知友談心事，說：「作為妻子該做的，她都做了，她真的對我很好，可是她越是對我好，我卻覺得她越冷！」女主角也對舊侶吐心曲：「剛開始我也想好好愛他，我卻在夜裡夢見了你！他真的對我很好，可是他越是對我好，我卻覺得越對不起他！」

這一段舊式婚姻的心情告白，才是問題的癥結所在，就算外來客不來吹皺一池春水，而春水已從池底揚波了。故外來客僅是觸媒引爆而已！所謂他對我好，也只是形式化的相敬如賓，而未有理想的交會與情意的感應，心情疏離而歸於冷漠。總是生死交關的悲情痛感，才逼顯兩人間已被凍結的真情實感！

實則，在我走與他死之間，另有一條以智慧來化解的路，無須祭出無情之刀去切割砍斫，那總是傷痛跟遺憾，當該拜請智慧之劍，去解開情結，緣會錯過而時光無可倒流，那就各自認了吧！昇華舊愛，則雖置身在夫妻、知友與舊侶間，還是可以求得安頓，因為我們不能讓任何一個人在人間消失啊！

——二〇〇三年四月二十九日《中央日報》

生死迷離一念間

港星張國榮跳樓自殺的消息，成了大新聞，突破了美伊之戰天天二十四點全面籠罩各大媒體的威力，也減殺SARS疫情所帶來的無邊恐慌。

中東戰火延燒，爆破殺傷正隨時發生，似乎兩大文明在世界權力的消長之爭，已取代了真實的生命。全球關注的焦點，僅在老傳統戰力與高科技兵團的對決，究竟能撐持多久，更簡單的說，美英聯軍何時會攻下巴格達！

在等待結局的沉悶時光，死亡似乎已成抽象符號，飛彈如閃電般劃破夜空，而爆炸現場的火花沖天，在電視新聞一再播放的畫面，好像是好萊塢科幻片的聲光效果，甚至如同卡通片一般的虛擬情境。反正，遠離戰區而隔岸觀火，人心已歸麻痺而冷感。

在這樣看似熱烈而實則冷漠的年代，張國榮縱身躍落的身影，有如上十字架般的神聖救贖，通過他的掙扎，他的憂傷，他的苦悶，他的沮喪，讓人直接面對活生生的存在感受，有如現身說法般，把真實喚回人間，而對死亡有悲情有痛感。

人為萬物之靈，靈是人的高貴，也是人的負擔。生命的存在，不能停留在形氣物欲的層次，而要往高層次的性靈去開發拓展，以求得生命的終極安頓。否則，人會批判自己，會厭棄自己，甚至會不想活了。

而這一人之所以為人的性靈體現，一在情意，一在理想，故人生的真諦，就在情與理的一體並行。就儒學而言，情意與理想的活水源頭，在人性本身「仁」心的呈現與自覺，仁者愛人而心即理，愛的場域在兩心之間，雙方皆心安理得，愛才能修成正果。

而愛的合理實現，有待智慧的化解與成全。孔子說：「知者利仁。」又說：「知者不惑。」惑不在知識性的疑惑不解，而在情愛上的迷惑難解。惑在：「愛之欲其生，惡之欲其死，既欲其生，又欲其死，是惑也。」原來愛會痴迷熱狂，會扭曲變形，會有自我毀壞的爆發力。

人生的智慧，端在情愛上的不惑，讓愛永遠是愛，而不會變質為痛，心不痛，愛無憾，此生也就不會情結難解了。

一代巨星殞落，不論他是《倩女幽魂》的甯采臣，還是《霸王別姬》的程蝶衣，都是那麼入戲，那麼動人心弦，是否人生如戲，讓他迷離在《春光乍洩》的情境中，一往情深，一念決絕而回不了頭呢！

——二〇〇三年四月八日《中央日報》

九一一的文化反思

前往貴陽參加「海峽兩岸中華文化一體多元架構」的學術研討會，九月三日成行，並安排九月十日回來。未料，當天香港大雨，在貴陽機場滯留了七小時之久，延到午夜一點多始飛抵香港，再轉搭午夜三點的國泰班機，回到臺北已是清晨，才赫然發現，竟意外的演出了九一一本該避開的空中之旅。

在全天候的新聞特別報導中，又回到了一年前的紐約世貿大樓承受撞擊而崩垮的現場；三百六十五天過去了，傷痛卻長留心底，且歷久彌新。賓拉登行跡依舊成謎，恐怖的陰影卻鬼魅般流竄在不定的時局與對峙的情勢中，同歸於盡的自殺攻擊，可能在任何地區發生，進兵阿富汗似乎猶未解除隨時會冒出的心理恐慌。大舉攻打伊拉克的軍事布署，正隱約成形，儘管反對的聲浪，在世界各地大量湧現，看來英美的聯合進擊，已然勢在必行。

大家心裡想問的是：「戰爭能解決問題嗎？」顛覆了海珊，就能扭轉整個阿拉伯世界對基督文明的全面反撲嗎？恐怖行動是果，而不是因，依佛門因果業報之說，果由因而來，報由業而致，種善因結善果，積善業得善報，以英美為主導的西方世界，不從「因」處，去切入用心，不去消解阿拉伯世界壓抑已久的不滿情緒，而試圖依上帝誡律而有的自然法論，合理化自己，直從「果」地尋求解決，說是懲罰，實則加深怨怒，那只有擴大爭端，甚至會引爆戰火。

世界五大教，各有宗主教義，耶穌基督與真主阿拉，當該平起平坐，猶如東方世界的儒聖、道君與佛陀，三大教總是並行無礙。而此一普天之下文化心靈的源頭活水，在最高處總是一體相知的。不過，此中的一體，要能沖虛，不主導不宰制，才能包容多元，尊重各大教的價值體系與行為模式，避開獨斷式的文化霸權，才能在心裡解開綿延數世紀之久的屈辱死結，從而化掉自我禁閉式的意識形態，就在自我釋放中，也釋放天下人。

當前兩岸情勢，如同先秦儒墨兩家的是非紛擾，自是而非他，互相看不到對方，此形同抹殺對方存在的空間，當然會逼出對等的反應，以否定對方的存在，來保護自己。《莊子・齊物論》開發出儒墨兩家皆是而無非的「因是」、「兩行」之道，大家放下自己的「是」，而看到對方的「是」，雙方的「是」一起成全，雙方的美好同時朗現。此一體的沖虛，可以奧藏多元，道並行而不相悖，才是人類文明的出路及遠景。

海峽兩岸文化心靈的一體，不在北京，也不在臺北；東西方人類文明的一體，不在耶教，也不在回教，它是虛的，是開放性的，才不會形成霸權宰制。否則，被壓抑被抹殺的委屈感，會逼出狂飆決絕的悲壯感，那就多元對決，而一體無存了。

從九一一的耶回對決，回顧兩岸的對峙，不能沒有悲情痛感，當以一體沖虛而多元並行的理論架構，在文化心靈尋求破解之道，東西方兩大教與海峽兩岸之間，皆能「因是」而「兩行」，或許類似世貿大樓衝決倒塌的悲劇，就不會再發生，而讓人間天下可以遠離恐怖的陰影。

——二〇〇二年九月十七日《中央日報》

意底牢結

好萊塢製作出來的《功夫》影集，少林寺老和尚拋出一句發人深省的話頭：「你以為你被關在監牢裡嗎？事實上監牢在你的心裡。」

人生而為人，心長住此身，而此身的生理、官能、欲求，就成了禁閉心靈的監牢；且人物寄身人間，而人間的親情倫理、情愛婚姻與友誼道義，也是規範人物言行的監牢。少年家校園求學說是身在牢籠，成年人職場工作也形同拘役，此所以少年逃學，而成年蹺班，正是無障礙空間的自我追尋。

而最大的監牢，卻來自吾心自我編織而成的天羅地網，那就是激盪在黨團流派間，鼓動民粹風潮導向尖銳對立，且隨時引爆的意識形態 (ideology)，牟宗三先生譯為「意底牢結」，音義兼具，極其傳神生動。吾人在自家心裡，高築圍牆，建造城堡，作為自家深藏高臥之地，看似精明，卻無異畫地為牢。

此老子云：「善閉無關楗而不可開；善結無繩約而不可解。」人生兩大事，一在保護自我，二在結交天下，保護自我要關閉門窗，結交天下要信守約束。所謂「善」，不在知識技能上尋求突破，而在心靈涵養上超離化解。因為，關閉的後遺症是自閉，門窗密閉，重重深鎖，天下人固然進不來，問題在，地震災變的緊急時刻，自家人也出不去。而打結的負作用卻是死結，不是朋友要做朋友，是為結交；不是盟邦要做盟邦，有待結盟；不是兄弟要做兄弟，就得結拜；不是夫妻要做夫妻，理當結髮：人間萬萬情而心有千千結。

在這一人人自閉，且相互套牢的人生境遇中，老子教導我們的，就在如何開禁與解套的智慧。此中，善閉善結的「善」，就在無關楗無繩約的「無」，有形的關楗繩約，總有被開啟破解的可能，而無形的門鎖約束，是不可能被解開破壞的，而根本的超離之道，既是無關楗無繩約，也就不必開，無須解！

人生苦短，卻老在心中打結，在人間打轉，竟日高唱「打開心內的門窗」，假如你不禁閉不套牢，又何須開禁解套。此所以天下有情人總得每天約會，因為都得解釋昨天的誤會，一邊忙著盟約，一邊忙著解套，這是情愛世界的兩難弔詭！

意底牢結，有如集體的保護傘，大家集結在某一個封閉性的價值體系下，自我完足。用心在尋求庇護，卻形同自閉，有如金鐘罩工夫，留下致命罩門，別人進不來，自己也出不去。

身為臺灣人，大有委屈，但請別悲壯。一邊一國，自我拉擡聲勢，也自我陷落困境；還得一邊盟約，一邊解套。不如回歸無關楗無繩約的自在天空，不練金鐘罩，也不空留罩門，一者解不開，二者無須解，這才是「無」的形上智慧啊！

——二〇〇二年八月十三日《中央日報》

心靈病毒的人文隔離

SARS疫情擴散延燒，醫護人員身在火線上，而行政部門卻未能有效防堵，隔離治療仍是唯一的藥方。問題是，病人隔離了，而尚未發病的感染者，仍在外活動，不知不覺間還在散播病毒。最可憂慮的是，被判居家隔離者，卻心存僥倖，依舊在街頭行走，這是不負責任的反社會行為。

就因為住家隔離，徒具形式，倒反逼出集體的恐慌，人人擔心受怕，而自我抽離，諸多遊樂場所形同淨空，看電影的人少了，逛百貨公司的人少了，上醫院的人少了，搭捷運的人也少了，更別說藝文樂舞的活動，那早就停擺，大家自動隔離，把空間留給不甘寂寞的人。

原來，我們也可以過這樣平淡的日子，回歸家常日常，面對生死大關，一切都可以放下，也當該放下，選舉話頭不再搶盡光采，統獨對壘已被打成一家了，病毒都擋不住了，神盾艦、核能潛艇又能如何？

現在，權勢消音，名利退位，發光發熱上頭條新聞的人，是在隔離病房插管求生的醫師護士，醫院的聲光掩蓋了立法院，病理學人發言的分量，超過了部會閣員，圍繞在財團政客與影劇明星身上的光環亮麗，均已消散褪色，大家回到生命本身，疼惜自己也疼惜別人，街頭流動人間追逐的勢利排名，那都是「外鑠我也」的身外物。

這個時候，我們才真正了解，何以會有隱者人物，那麼斬截的從名利場與權力圈中退出，何以會有楊朱學派「取為我」的價值取向，何以老子要「絕聖棄智」、「絕仁棄義」的自我解構，何以莊子要「至人無己，神人無功，聖人無名」的自在逍遙，因為名利權勢的痴迷熱狂，與聖智仁義的高貴傲慢，均是屬於千百年來長住人間的心靈病毒，它壓縮了真情實理的伸展空間，隔斷了友誼道義的交會通路，它讓我們心靈障蔽，讓我們苦悶窒息，它迫使我們呼吸不到氧氣，而生命就此掏空。

道家的智慧，就是要對治這一綿延千年的心靈病毒，進行隔離治療，無心無知，無為無用，無事無欲，「無」就在「心」上做工夫，病痛在心，工夫也當在心上做，心中解消了對名利權勢的執著分別，生命就可以在比較得失，而患得患失的困苦中，得到釋放，我不要了，我不等了，人生就此海闊天空，人人自在，人人得救。

——二〇〇三年五月十三日《中央日報》

過五關　不斬一將

孔子說君子有三戒，莊子說天下有大戒二，「戒」的現代解釋，最為貼切就是「關卡」。它不似日常用語所說的戒慎那麼輕鬆，也不似宗教修行所說的戒律那麼嚴重，它只是提醒告誡，人生總得面對重重關卡的考驗，你一定要過關，不然就被它卡住。

孔子的君子有三戒，說的是年少的「戒之在色」，年壯的「戒之在鬥」，與年老的「戒之在得」，分別過的是成長關、創業關與休閒關。莊子的天下有大戒二，一是自我的「命」，一是天下的「義」，命是「不可解」的親子之愛，義是「無所逃」的人間道義。沒有人可以不做自己，不過自己少、壯、老的關卡，也沒有人可以逃離心中的愛，與人間的義，故僅能越過而不能避開，「戒」之所以成為人生的難關，理由在此。

人人都要過關而不被卡住，此中最為典範而千古傳誦的是，關武聖「過五關斬六將」的英勇事蹟。關公身在曹營心在漢，為了護送兩位嫂嫂回歸劉備身邊，過關斬將是情勢的不得已。吾人離開歷史現場，再做人生價值的省思，自身闖過五關而六員大將落馬，付出的社會成本未免太大。故過五關斬六將，不能成為「放諸四海而皆準，俟之百世而不惑」的普遍模式。

在升學主義與功利主義的前導下，不論是各級學校的青少年學生與各階層的社會人士，均持有「過五關斬六將」的價值觀，以打敗或擠下別人，來換取自己的上榜出線，原來自家的成功，是建立在別人挫敗的基礎上。如是，人生的成功頓失光采，讓人少了一點歡喜，而多了一分說不出的惆悵。因為真正的英雄，是救助別人；打垮別人，算什麼好漢！

舊時在一女中教書，學生既聰慧又用功，聯考的壓力，在父母師長的熱切期盼下，顯得分外嚴重。課堂上的氣氛，有點詭異，因為聯考的真正對手，就在自己身邊的同學，且每天抱著書本，示威似的在妳的面前走動。身為老師總在最難熬的聯考倒數時段，安慰她們，反正臺大又不只錄取五十名，大家一起考上，才不失一女中本色啊！

不論青少年的學業，與社會人士的事業，在生命共同體的體認之下，大家都要有志氣，過五關卻不斬一將。執政者每天發出生命的呼喚，眾將官大家一起過關。臺灣各族群各黨團一起過關，甚至兩岸中國也一起過關，而不要相互擠壓，自己過不了關，也把對方卡住，那豈不是身為臺灣人，甚或兩岸中國人心中永遠的痛嗎？

——二〇〇二年十月二十二日《中央日報》

無怨無悔過一生

看HBO播出的影劇《那一夜我們相遇》，說男主角在父親的期許下，遠離家鄉打棒球，奔波打拚多年，倦遊歸來，心中籠罩著未完成爸爸心願的陰影，在落寞的時刻，遇到了甫因車禍失去未婚夫的女主角，展開兩情相悅的情節故事。

其間，在地方節慶花車遊行的時候，男主角沒去湊熱鬧，選擇陪伴臥病在床的母親，想必在歡樂的季節，既老又病的人，會是孤寂而傷感的吧！母子談心，媽媽叮嚀：「你一定要無怨無悔，人生不一定完美，而你們兄弟倆來到人間，是上帝賜給我的最佳禮物！」最後，媽媽無限憐惜的說：「你愛自己太少。」兒子嘆惋回應：「我愛別人不夠多。」這一段生命的對話，讓男主角在猶疑徬徨的關鍵時刻，勇敢的說出自己的愛，追回了即將離去的女主角，相約共譜未來的人生樂章。

是啊！人活一生，總要無怨無悔，因為時光無可倒流，天下事再難從頭；且人物不是天使，人間也不是天國，這是生命存在的處境與困局。我們或許不能改變世界，然可以改變自己，調養自己的身體，調整自己的腳步，調和自己的作息，也調適自己的心情。不要有太高的期許，也不要有太多的寄望，成敗得失隨境而轉，而各憑造化。不是「人有悲歡離合，月有陰晴圓缺」嗎？「此事古難全」，我們也僅能「但願人長久」了。人生行旅何其短暫，人間美好瞬間流逝，在相遇相知的那一刻，讓剎那成其永恆吧！

怨何自起？悔何從來？起於心知的執著，來自人為的造作。你想要的太多，給自己的壓力太大，越是熱門尖端，會交逼而成一級戰區，你想要的別人也想要，你奔競我爭逐，你有手段我有謀略，你開出利多我全線動員，你造勢我掃街，相互牽制而彼此抹煞，你冤屈我我圍剿你，人間美好就此隱退，人生趣味就此消散。

大陸寄望臺灣人民，民進黨期許花蓮選民，希望落空，期許破滅，怎能不怨，又何能無悔！午夜夢迴，唯恐心痛難眠吧！

孔子說：「不怨天，不尤人，下學而上達，知我者其天乎！」人生路上，盡心而已，不是「死生有命，富貴在天」嗎？人算不如天算，不自我中心，不自我膨脹，就不會怨責上天不庇佑，怪罪別人不支持，回歸自己修心養性吧！

謝深山不要得意，游盈隆也無須自責，吳國棟更不要心傷，大家回頭做自己，無怨無悔過一生吧！

——二〇〇三年八月二十六日《中央日報》

心如明鏡 不做藏鏡人

我的家鄉西螺，是舊時布袋戲的重鎮，童年永留心底的一頁記憶，就是在某一節日慶典裡，大菜市場上演一場鍾任祥與黃海岱兩大名家的對演戲碼。現場人山人海，有如現今的造勢晚會，雙方各有基本觀眾，拚演技也比人氣。那個時節鍾任祥居於上風，他因為掌上工夫獨到，對白唱腔典雅清揚，說自己擁有帝王將相治國用兵的劇情歷練，就此連續當選了好幾任的縣議員，成了象徵鄉土榮耀的代表性人物。

而第二代的鍾任壁與黃俊雄，卻因為後者搶先上了電視節目，史艷文與藏鏡人風靡全臺灣，午間演出時段，都會街頭幾乎休市停擺，全民爭看劉三與兩齒詼諧逗趣的妙語對答，還有苦海女神龍在風塵行走的漂泊魅力。其中，「藏鏡人」已成了三十年來臺灣鄉土的流行詞語，用來形容藏身幕後的操盤人物，反正，政界如江湖，大家皆以「史艷文」為範本，來形塑自身；而以「藏鏡人」的封號，來醜化對手。

「藏鏡人」這一人物性格的塑造，展露了編劇者的巧思。依道家思想，吾心虛靜如鏡，神似禪門所說的「心如明鏡臺」，就如一面明鏡，沒有自己的執著分別，全副心思在照看也照現人間每一人，天地間每一物的真實存在。你看到了他的光采，照現了他的亮麗，等同你生了他，給了他新生的美好。

問題在，「藏鏡人」不是心虛如鏡，而照現真實；而是自身隱藏在一面大鏡子的背後，你看得到每一個人，而對方卻看不到你，因為沒有人可以看透鏡子。這一來即構成陰深險忍的謀略運用，跡近皇太后垂簾聽政，臣下看不透簾幕之後的太后眼神，而太后卻可以捕捉臣下眉目之間的顧盼神情，此其效用有如東廠、西廠、錦衣衛的白色恐怖，或是當今隱藏在尖端科技之下的監看監聽，讓你無所逃於天地之間。

今天，在民主法治的新時代，體制法律就是明鏡高懸，人民站出來當家作主，沒有人可以藏身在鏡子後頭，盡做藏在權術權威之後的偷窺竊聽動作，有如狗仔隊一般，在街頭流動，闖入人家的私領域，此有失光明正大的品格風骨。所謂的「程序正義」，就在你不能用任何冠冕堂皇的國安目的，來讓如同「藏鏡人」的手段合理。

——二〇〇三年九月九日《中央日報》

向英雄致敬

林重威醫師，甫出道即在SARS風暴中殞落，母親不讓他進忠烈祠，可憐天下父母心，寧可兒子平凡的活著，而不願他做犧牲的英雄。因為，他在不知情的狀況下，為病人插管而被感染，他是被犧牲了，卻無意忠烈，說英雄太沉重，也轉移了重點，好像英靈進了忠烈祠，就給出了補償，頒發偉大的封號，就減少了虧欠，而忽略了長久以來醫院拚業績的錯誤導向，與欠缺氣魄擔當的致命缺陷。

吾人在《臺灣心聲》節目頻道上，看了葉金川教授接受訪談的全程報導，對和平醫院爆發疫情的驚慌失措，與封院之後如何化解危機的曲折內幕，終於有了來自第一線既直接又全面的了解。儘管主持人咄咄逼人，老要把話題導向對市府團隊的批判上，不過葉教授在親切間侃侃而談，守住就事論事之專業專家的本分，更凸顯了權威性的說服力。

葉先生神情平淡，語氣溫和，未見悲壯，也沒有自豪。

來自院內醫護人員的聯名求救信，說：「我們可能集體死在已遭封閉的院內感染。」就在市長敦請下，進入病毒陰影籠罩的和平醫院，這一分道德勇氣，是這一場SARS風暴中最讓人稱道與感動的一頁，堪稱義無反顧，直道而行！

印象中最深刻的是，他對B棟大樓醫護人員的精神喊話：「最嚴重的情況是，我們九百人都死在這裡！所以，現在我們所要做的是，救一個算一個！」這是置之死地而後生的根本立足點，且「沒有醫護人員可以拋下病人而逃離醫院」，大家體認天職而形成共識。再強調院內的資源裝備，是足夠而沒有問題的，只要步驟與程序不出錯的話，是不會被感染，而院內疫情也可以得到控制。他並許下諾言：「我要把你們活生生的帶出和平醫院！」

原來，這一場動搖國本的大風暴，癥結就在主帥留住安全的A棟大樓，聽任B棟大樓在群龍無首而情況不明之下，引發集體的恐慌，而告信心崩盤。葉金川先生說自己並不偉大，他只是找出問題，並一一處理解決，他跟大家一起站在火線上，為大家找回信心，B棟大樓的全體醫護人員因而得救。

他救了B棟大樓，又再進駐A棟大樓去穩住隨時可能失控的局面，而今更南下高雄，去處理長庚與高醫疫情爆發的嚴重危機，真正的英雄，不是犧牲自己，而是解決集體的危機，我們向他致敬！

——二〇〇三年五月二十七日《中央日報》

雷家佳顛覆了《霹靂火》

正當《霹靂火》劇情延燒，而轉為朝野話題的時節，以「一根火柴加上一桶汽油」的火爆，來終結「心情若不爽」的狂野，被認定是臺灣社會的病態寫照。新聞局衝著收視率節節攀升，而開出罰單，編劇不爽，演員也語出火爆，頗有挑戰人間主流價值的狂野意味。

吾人不看連續劇，根本不知劉文聰何許人也，沒想到霹靂話題已成街頭流行，甚至還廣被引伸。家庭主婦盛傳：「你若讓我不爽，我就想要去逛街；我若去逛街，我就想要去大車拚，刷卡刷多少，我自己也無法度控制！」我看這無異是新女性主義的街頭宣言，也難怪青少年要去飆車砍人，黑道幫會要去打家劫舍，朝野政客要去亂開支票，大家點火引爆，只因為人人心情不爽！

多年教改，也在《霹靂火》的延燒之下，很霹靂的爆開怒火，要出主意或帶頭的人，負起責任，並道歉認錯。不過，今年指定科目考試，卻出現了戲劇化的餘興節目，第一類組考第一名的張穎華，可以上臺大法律系，卻在國防管理學院的法律系落榜。我看軍校招生從未有如此的神氣昂揚，此讓湯曜明部長，走起路來氣勢大不同，語調也升高許多。

而另一位榜上有名的雷家佳，卻無端承受大眾傳播媒體大幅報導張穎華想讀軍校的壓力，好像她不退讓就對不起家境清寒的張穎華。

果真，應觀眾要求，雷家佳終究退讓，張穎華如願完成報到，與兩位姊姊穿著軍裝，在新聞媒體亮相，此有如樣板戲上演，一時傳為佳話。雷家佳還得接受湯部長的慰勉，並與張穎華相見歡，擁抱祝福！此等戲碼，堪稱荒腔走板，更離譜的是，部長還勉勵她明年再來報考軍校！這一句感心的話，硬是說錯了對象。明年再來，該是張穎華，而不是雷家佳啊！或許張穎華三姊妹同在軍中，是一幅動人的畫面，而人家雷家佳可是三代從軍噢！從爺爺、爸爸到弟弟，算是軍人世家，怎會有如此顛倒的劇情發展呢？

我相信雷家佳的決定，是發自「她比我更需要」的善意真誠，她的溫柔笑貌與善體人意，當真顛覆《霹靂火》的劇情意態，不再是誰怕誰，而是誰讓誰，這一齣同是天涯淪落人，而能相知相惜的現場演出，意外澆熄了正在街頭延燒的《霹靂火》，這是臺灣鄉土最美好的景觀。

——二〇〇三年八月五日《中央日報》

寒門難入 窄門

今天，堪稱是一個人人進大學的新時代，臺灣社會邁上了前所未有的成長高峰。五專二專蛻變而成技術學院，技術學院化身而為大學院校，全國大學林立，錄取率高達百分之八十，大學生的程度嚴重下降。

各個鄉鎮社區，普遍設有社區大學，而空中大學也頒發學位，加上研究所競開學分班、在職班與進修班，一時之間，文風鼎盛，念大學成了風尚休閒，代表生活品味的轉化提升。

在此一表象的背後，實則藏有由於廣設大學，而教育部的補助款相對減縮，所造成的經費不足的現象，各大學日夜加班，以籌措財源。教學設施顯然超載，而接近擠爆的邊緣，在競相吸金的功利導向之下，大學校園就此成了企業經營的商團。

本來，進大學既是熱門，又是窄門，現在則是大開方便之門，學生成了觀光客採購團，人人可進大學，卻因高學費的負荷過重，對寒門子弟而言，鬆綁放寬的大學之門，更形狹窄，因為考上了也進不去。

依常理來看，臺灣鄉土早已擺脫貧困的窘境，此所以多年來，各師範院校公費生名額逐年削減，反映出在經濟起飛，國民所得大幅提升之下，新生代接受教育，已再無困難。

未料，平地一聲雷，突地爆出了高學費而迫使低收入子弟入不了學的社會問題。原來，經濟不景氣，加上貧富差距拉大，進大學就讀已不再是人人皆能的天賦人權了。

在我成長的年代，讀書幾乎成了富家子弟的特權。我依循師範體系念了上來，在師大就讀，還得當家教，念研究所得在一女中任職，上博士班時在補習班兼課，總是半工半讀，反而更懂得珍惜。天助自助者，只要肯用功，受得了苦，大學之門還是為每一個人而開。

現在的流俗習氣，頗有「由奢入儉難」的味道，新生代被照顧得太周全了，已無自己闖蕩的勇氣，與自行開拓的擔當，認定讀大學是社會資源理所當然要給出的支持，這一想法不切實際，也不盡合理。

此中，值得省思的是，臺灣善款老流向宗教慈善團體，而少有捐給大學作為獎助學金者。實則，支持新生代接受教育，可以說是人世間最大的功德，因為不僅救苦救難，還給出新生重生。

——二〇〇三年七月二十九日《中央日報》

走在絲綢古道上

趙廷箴文教訪問團一行，由團長蔡信發教授帶隊，基金會董事中央大學的老校長余傳韜先生隨行督導，更見慎重，且余校長早在數月前，就先走一趟，考察旅遊品質及體力負荷度，確定無安全顧慮之後，再讓得獎的中學國文教師，及在學的中文系所的博碩士生、大學生所組成的老中少三代混合隊伍，有如開塞出擊，絕漠遠征般，在炎熱夏季浩蕩開拔。

為了更直接的支持大陸經濟成長，此行不由臺灣的旅行社安排，而由西安的旅行社負責，團費更高昂，而品質未見提升，頗辜負了原初的善意與用心，兩岸間果真存在著太多理念的歧異，孟子「王何必曰利，亦有仁義而已矣」的義利之辨，不僅直對梁惠王而發，二千多年之後，依舊是人間世界永難撼動的價值座標。所謂的改革開放，經濟看似起飛繁榮了，而品味格調卻顯得蕭條低落。還好文教團的人文涵養，化解了一路上積存的怨氣，也壓下了質疑抗議的聲浪，飲食與住宿老出狀況，雖給出大西北地處邊陲物質條件較差的理由搪塞，我看還是品格味道在生命天平上已失去分量所造成的吧！

總算穿越大西北的絲綢之路，兼有自然景觀與人文古蹟的雙重殊勝，轉移了關懷的重心與隔閡，在詩詞與經典的涵詠會心中自然消失不存，文化心靈與生命感動彼此貼近相知，有如莊子書中遊於方外相與為友的隱者，可以「相視一笑，莫逆於心」，就前往大陸旅遊的品質而言，我們這一群堪稱是最有感應的團隊。

首站西安，相對北京而言，已是「天高皇帝遠」，且何止皇帝遠，皇帝已長埋地下，雖幾度前來西安，卻老環繞在兵馬俑、華清池、大小雁塔、碑林、清真寺、法門寺之間行走，這回特別安排瞻仰乾陵與茂陵的行程，前者是唐高宗與武則天合葬之地，後者則是漢武帝跟霍去病、衛青成品字形的墓群，唐高宗有武則天長伴地下，漢武帝有霍去病、衛青兩大將軍的驃勇衛護，想必是千古無憾、高枕無憂了吧！登上茂陵博物館亭臺樓閣的最高處——覽勝亭，俯視夕陽餘暉下的蒼莽大地，漢唐盛世的歷史榮光，似乎在遙遠的天際隱隱浮現，長留遺憾的當該是華清池的楊貴妃與喀什清真寺的香妃，紅顏獨薄命，在王朝大軍的征戰中，唐玄宗犧牲了三千寵愛集一身的楊貴妃，而乾隆帝卻逼死了清麗絕俗的香妃，原來所謂的妃，不是皇恩寵幸，而是深宮怨，何止王昭君，貴妃與香妃也難逃「獨留青塚向黃昏」的命運。

此行西安飛蘭州，即轉搭遊覽車走河西走廊，每天有五、六小時的車程，在荒漠絕地間行走，加上夏日炎陽高照熾熱，空中流動的遊氣，乍看之下有如綠洲，似乎那就是失落了的地平線，當代人滿心嚮往的香格里拉，會是若隱若現的海市蜃樓嗎？還是僅存在於詩心畫意中的桃花源？

不過，佇立在蘭州黃河鐵橋邊的石雕——黃河的母親，慈母坐臥藍天下，稚子橫身母懷中，慈祥與稚真一體呈現，在邁入狹長的河西走廊之前，懷想一曲〈故鄉的阿母〉，也興發文化母土尋根的孺慕之情，大夥兒倚在黃河母親的身側，合照留影，也算是乾枯沙漠的甘泉潤澤吧！

銀武威與金張掖的富庶地區，吸引文教團眼光的仍是行教人間的文廟，與西夏寺院建築的大佛寺，文廟立有西夏碑文，而大佛寺供奉長達三十五公尺的臥佛，深藏土塔的張掖金經，凸顯佛門抄經傳世的功德。此外，藝術代表作有雷臺漢墓地下出土的銅奔馬，還有九層八面的木塔寺，馬踏飛燕的雕塑線條與木構疊架的建築造型，算是獨步千古的吧！

路過酒泉、安西與玉門市，正午時分的夜光杯，未盛「葡萄美酒」，失去了「醉臥沙場」的迷幻魅力，而玉門市已無「孤城遠望」的玉門關，何止「春風不度」，而是在朝代更迭中風化無存了；且「西出陽關無故人」的陽關，也僅留小土丘上的一塊碑石遺址，「勸君更盡一杯酒」的傷別情懷，再也找不到可以情景交融的寄託意境了。不過，嘉峪關倒是保存完整，內磚外泥的城牆，在陽光下依舊耀眼亮麗屹立不搖，且內城、外城與甕城的結構規模，與城外蜿蜒無盡的長城，真是雄偉壯觀，說是「天下雄關」，當之無愧，天涯行旅還在這兒煞有介事的通關，還領有一張證照呢！

絲綢路上的佛教文物最為豐富深刻，穿越劉家峽水庫，到了有一千六百年歷史的炳靈寺石窟，寺已毀於漢回宗教之爭的大火，不過，聳立在懸崖絕壁之上的窟洞佛雕與壁畫，可與敦煌莫高窟媲美，不因宗教，只是藝術，一樣的讓人發自心靈的震動，原來最具原創性最有想像力的藝術瑰寶，總有最高與最後的終極信仰，作為靈感創意的活水源頭。令人傷感悲憤的是，藏經洞密封保存的寫本印本與絹畫，今所謂敦煌學的珍貴史料，被當時的住持王圓籙（元祿）道士偶然間發現，卻有如量販般拋售給英、法、美等國的學者，史料文物被洋人搜括而去，敦煌學研究的重鎮，就此外移。道士無「道」，又無「士」的器識，我們拒絕在紀念他的道士塔留影，此非阿Q心理，而是文化真情。「天假其私，以成大公」，透過敦煌文物的大量流失，反而有助於中國文化的往外傳播。此外，在吐魯番火焰山附近的千佛洞，壁畫與佛像，幾乎被全面的破壞，與有計畫的剽竊，看著餘留的刀痕鑿跡，直從心裡冒出的竟是韋小寶日常的口頭禪，不覺莞爾一笑，向自己說聲：「罪過，罪過，阿彌陀佛！」

除了日本人拍攝「敦煌古城」的影片所留下來的現代古城，值得觀賞之外，爬鳴沙山，遊月牙泉，仍是不遠千里而來的旅遊重點，雖已二度來此，「沙嶺晴鳴」與「月牙曉澈」的山奇水秀，還是讓人流連不去，千古下來，沙山與月泉有如一對戀人，一彎月泉長依在沙山的懷裡，男人屹立如山，女人靈動似水，沙山不前，而月泉不乾，沙山沒有覆沒泉水，泉水也沒有浸蝕沙山，沙流聲如雷鳴，泉湧形似新月。而行走其間的駱駝團隊，不斷傳來清脆的駝鈴聲，在日落時分，闖進了天涯行旅的心頭，似乎那是人生路上永遠伴隨的叮嚀聲，讓你永不落寞，也永不迷失。尤其駱駝老兄的雙眼，流露著慧黠的神采，牠看盡了來來去去的行路人，總把古今多少事，盡付沉默中的了解與寬容。

在大西北的人文版圖中，古帝王陵園的西安城，不如中國地理中心的蘭州市，而蘭州的繁華街景，又不如烏魯木齊素樸的開闊，心靈素樸，天地更寬廣，生命更自在。站在烏魯木齊市標的紅山公園古塔，可以遠眺天山，鳥瞰市區全景，矗立在紅山懸岩之上的林則徐雕像，顯得挺拔而莊嚴，鴉片戰爭雖已遠去，而禁煙的鐵腕果決，卻長存史冊，看著他巨人般的永恆身影，我們沒有感傷，反而覺得他堅定的眼神看到大西北的遠大前景。

新疆的風貌，「坎兒井」地下雪水的通貫工程，有如傳奇，葡萄溝回族情調的歌舞，奔放飛揚；而天山天池的山光水色，在煙雨濛濛中，交相輝映，身在虛無縹緲間，不覺有《莊子・逍遙遊》「南冥者，天池也」的人間天上之感，也難怪，這兒可是瑤池金母修行的仙鄉呢！

暑期當該避暑，我們卻在吐魯番真正體驗了置身火爐的燠熱，上班時間上午是九點到午後一點，下午是午後五點到入夜九點，午休時間特長，我們在傍晚細雨中參訪交河故城，漢將軍李廣利在此開疆拓土，建立了交河都護府，日後為成吉思汗的遠征軍所毀，故城遺址，依舊雄偉壯觀，當年軍容壯盛，而今卻僅存斷垣殘壁，文明最大的毀壞者還是時間。隔天，再訪西昌故城，幅員較廣闊，景觀卻大不如交河故城，且寺院比公署還氣派，顯現的是高昌古國與大漢王朝國力的高下，與風土人情的分異。我們在日正當中，乘坐驢車揮汗前行，放眼看去，盡是荒煙蔓草，此與落日斜照騎駱駝在鳴沙山腳行走，正是人文荒廢與造化神奇的強烈對比，天涯行路人的心頭，自然呈現出沉重與優閒之截然不同的感受。

從烏魯木齊改搭飛機，飛往中亞邊界的喀什，那兒的漢人成了少數的民族。我們住宿的色滿賓館，是原俄國的領事館，而用餐的飯店則是原英國的領事館，飯店比賓館足足大了一倍有餘，可以想見英俄兩強權在喀什的勢力消長，與這一地區的複雜性。在喀什，最值得去看的是展現回教建築風格的清真寺，在香妃墓前低徊不已，隨同紅花會眾家好漢罵幾聲乾隆老兒。正午時分趕上了空前的「大巴扎」（市集），熱烈氣氛如同嘉年華，那真是車隊人潮、牛群馬隊混合的大場面，令人嘆為觀止。在西安市區的十字街頭，我們看到的奇景是，下班時分車行擁擠，指揮交通的崗位，空無一人，卻掛出一張告示牌，上寫四個大字：「各行其道」，我想這四個字大概是寫給來訪的柯林頓總統看的吧，此有如敵軍兵臨城下，而城門頂樓卻高掛免戰牌一樣的精采。不過，在喀什連「各行其道」都免了，反正，道法自然沒有人走得動，就不會有交通事故，這叫「各安其位」，大伙兒就地靜坐，練工夫修行去也。

此外，在市區我們看到了毛主席頭戴毛帽身穿大衣揮手向空中的制式雕像，依舊佇立，在大陸行走。毛雕像已不多見，只有維吾爾族的喀什，與西南邊陲納西族的麗江古城，仍然「獨留石雕向天空」了。山中無甲子，不知今世是何世，天高皇帝遠，改朝換代，日子不是一樣過嗎？

告別最後一站的喀什，還有一段小插曲，飛機延誤了一個多鐘頭，候機室沒有空調，我們一行三十多人，就坐在機場門前的臺階上，唱起臺灣歌曲，有如五二〇靜坐，沒有抱怨，沒有抗議，偷得浮生半日閒，包括老生代也「將謂偷閒學少年」的和聲唱了起來。只要心中有了閒情，會為別人留下餘地，也為自己開發出美感的空間。回到烏魯木齊已過了午夜，少了睡眠，我們卻意外的成了首批臺灣旅遊團在大陸靜坐高歌的民運人士。

或許，這是此行最感得意的收穫吧！穿越了大西北，走在絲綢古道上，時過半月之久，文化行囊滿載而歸，回家之後還要走更遠的路呢！

——二〇〇〇年三月二十三日《中國時報》

心中有夢終成真

永和是大臺北市的衛星市鎮，由中和鄉溪洲村，躍身蛻變為永和鎮，再由鎮化身為市，醜小鴨長成了天鵝，美中不足的是，地狹人稠，是典型的都會社區，缺乏運動休閒的空間，成了無可逃離的宿命。

不過，有一群來自各地的朋友，卻不認命，先是以克難的方式，在頂溪國小、永和國中的籃球場，拉網打球，組成了一支散兵游勇的網球隊伍，有如游牧般的漂泊，而沒有歸屬。

民國六十三年，就在網溪國小校門右側建造了一面水泥地網球場，四周架起鐵絲網，總算有了一塊世外桃源的小天地，讓聞風而來的天涯過客，來此以球會友，共享「偷得浮生半日閒」的樂趣。

惜乎好景不長，三年之後網球場改建禮堂，還好我們球隊贏得了縣運的一面金牌，在鎮長的全力支持下，得以在永平國中闢建了兩面極為標準的紅土球場，球隊運作走向制度化，團隊精神因而確立，我們終於有了一個「家」，有尊嚴、有格調，且是溫馨的「家」，候鳥有了一塊可以安身的棲息之地，球友擴充到了一百五十幾位之多，成了北臺灣的網球重鎮。

民國八十二年，永平國中改制為完全中學，增設高中部，在增建教室的優先考量之下，球場用地被收回，球團又告流離失所。為了不使一、二十年如同兄弟姊妹的球友散掉，我們還長年租借球場，讓球友來此相聚打球。

此等流浪的歲月，捱過了好幾年，一直到前幾年市公所在河濱運動公園撥出塊空地，由球友自力更生，集體捐款，創建了三面速維龍球場，有如開天闢地，造就了一個永久的家，在全國各地球場的建造史上，我們首開先例，這算是在競搶資源的年代中，自求多福的一大奇蹟了吧！

回首來時路，可謂一步一腳印，這一群網球愛好者，幾經漂泊，終於有了歸宿，不是過客，而是歸人，有了屬於自家且永久的家，由一面水泥地，而兩面紅土場，再前進為三面速維龍，有如太上老君所說的「道生一，一生二，二生三，三生萬物」的生成原理，球團終獲重生。

此一重生的「道」，就在有如家人般的親情，我們疼惜自己，也疼惜別人，我們心中永遠有一個夢，只要我們用心呵護，而夢想終究成真。

——二〇〇三年九月二日《中央日報》

讀書有閒情、成長有空間

年少時候，純任天真，有什麼書，就看什麼書，那懂得經典名著，而且，那個年代，街頭空盪盪的，什麼也沒有，少年活力，找不到出路，更顯日子漫長而難捱。就算是少年伙伴碰在一處，也是乾瞪眼的臭蓋兩句，除了踢踢路上的石頭出口悶氣之外，還能如何，數電線杆嗎？那多無聊，還不如做鳥獸散算了！

同學間有地方望族，大戶家傳藏有《三國演義》、《水滸傳》、《西遊記》、《封神榜》，或《施公案》、《彭公案》、《包公案》、《乾隆遊江南》、《嘉慶君遊臺灣》之類的章回小說，大家排隊搶著看，反正正課誰也不放在心上，小說世界的神怪傳奇，較能抓住年少的心，一頭栽進其中，真的是到了神魂顛倒、欲罷不能的境地，那管他什麼月考期終考，通通「笑傲江湖」去也。

每逢暑假，竟日浮浪於濁水溪泥沙滾滾的溪流間，疲累上岸，就橫身河堤，人手一冊連載武俠，在夏日炎炎之下，竟能沉浸於故事情節的奇峰突起中，而自得其樂，在想像的時空馳騁遨遊。少年不識愁滋味，強說的愁是祕笈看完了，武功練不成，江湖沒得混，豈不是悶得慌。

幸好，家鄉小鎮的閱覽室，運來了美國新聞處支援各地方的流動圖書，我三兩天就借出幾本猛啃。據擔任管理員的阿姨（媽媽舊時朋友）說，我是鎮上借書最勤，看得最多的少年家。一直到我在大學任教時，她帶領兒子北上註冊，特別找到我，說起這一段陳年往事，並認定我的成長，她居功厥偉，要我回饋，照顧她甫入大學的寶貝兒子，我還能說什麼，人間因緣現世報只好認了，也算是讀書生涯中的一段佳話。

那個時節，似乎患了讀書的飢渴症，一本一本的讀，不分晝夜的讀，不見得增長了什麼知識，也不計較有何等的收穫，只覺得捧著一本書看，躍動不安的生命，就找到了可以定下來的停靠站，不會漂泊無依。不過說安身立命，那就太抬高自己了，僅是跟著感覺走，可以避開寂寞，把等待成長的空白時段填滿吧，說真切點，殺時間而已！

大人世界每天為生計奔走，忙得沒完沒了，所以，要去偷得浮生半日閒，少年學生竟日閒得發慌，不必偷也可以得，不是擠不出時間來，而是填不滿少年的行程表，宋代大儒程明道說：「時人不識余心樂，將謂偷閒學少年。」問題是，少年得「閒」，可不是閒情，而是恐慌啊！

依我一路走來的體驗，青少年不僅有用不完的體力，還有亟待抒發的浪漫情懷。所以最值得去做的事，一是自己讀書，二是跟朋友打球。孔子說：「學而時習之，不亦說乎？有朋自遠方來，不亦樂乎？人不知而不慍，不亦君子乎！」《論語》的開宗明義，說的是生命成長的三部曲。讀書學習帶來的是成長的喜悅，友朋往來碰觸的是相知的快樂。青少年大可不必太早墮入跟異性的戀情，而阻斷與同性朋友作為兄弟姊妹的友誼，那是志同道合聊天談心的成長歷程。有書本陪伴的人，守著陽光守著它，永遠不會寂寞，在球場奔馳的人，可以打破人我之間的藩籬，在競賽中養成團隊精神，永遠不會變壞。這個時節，不可能會有心事誰人知的鬱卒，也不會有枯坐悶得慌的青春症候群。

我們要問的是：讀什麼書，打什麼球？最簡易的回答是：讀支持一生成長的書，打活出一生美好的球。一生成長的書，除了吸引人的文學名著外，就是耐人尋味的哲理典籍。而不光是賣弄小聰明跡近整人的腦筋急轉彎，更不是淺薄搞笑的卡通，打殺暴力的漫畫，與色情病態的網站。青少年身高體重，長成了大人，而心智卻停在胡鬧幼稚，談吐沒有內涵，進退不知分寸，內心少了一把價值的尺度，莽撞突兀，自己也受不了自己，那可真的是青澀少年，青春大留白了。

當代的青少年，處境說好實壞。在托兒所、幼稚園長大，親情有點淡薄。國小被安排進太多的才藝班，滿足父母失落的做音樂家或做藝術家的美夢，實則造成了兩代間的緊張與挫折，國中高中隨即捲入永遠停不下來的升學浪潮，才藝夢碎，卻多了資優班的空頭壓力，因為害怕被期許的天才支票，沒能兌現啊！

少年沒得閒，少了想像的天地與浪漫的憧憬，成了背書的機器，與考試的部隊，一年三百六十五天讀的書，都是升學模擬，已無餘力去閱讀消化文史哲的典籍。生機活力早消磨，漫畫冊、網路站、卡通片，成了排遣釋放聯考壓力的管道，像是迷幻麻醉的另類毒品。

我的少年生涯，沒有才藝班的精雕細琢，也少了資優班的任重道遠，讀書交朋友，跟著感覺走，偶興隨緣，沒有過高的期許，也沒有過重的負荷，反而可以讀到一點一生受用的好書，也可以打出一點一生快活的好球，有閒情，有餘地，有美感，少年才氣反而有伸展的空間，什麼都排定，什麼皆預約，看似開放，實則封閉。

像我這樣奔放自在的少年讀書生涯，現代人轉而在中年的讀書會中、成長班中，取得了補償。我在《國語日報》的蕙質媽媽社，洪建全基金會的文教學苑，全國電子的華山講堂，皆長期開講傳統經典，來聽課的竟有一百四五十人之多，錯過了少年讀經典的歲月，在中年創業的時段，忙裡偷閒學少年，再把當初該讀而未讀的經典，終究要補讀了回來。

人生就是這麼奧妙，百年間你該做也值得做的就是那麼多，少年不讀只好中年來補修，難不成等待老花眼，再來讀無字天書嗎？

——文建會《新閱讀主義》書展專刊

輯四　異國心旅

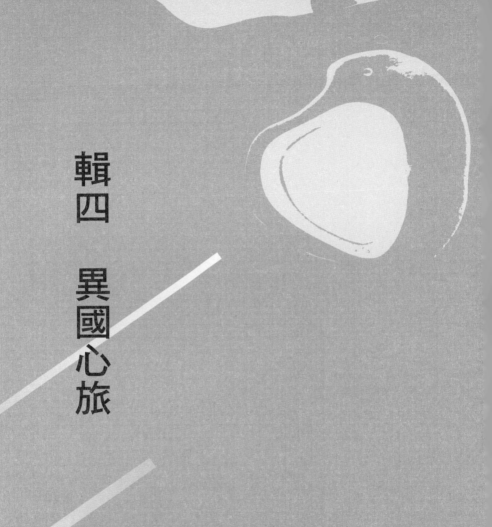

偷得半日閒

今年暑期，由中央轉回淡江，在走離十七年之後，又隨著金門王的蒼涼歌聲，流浪到淡水。

想起在淡江的數年間，從未在淡水市鎮走動，更別說碼頭觀光、紅樹林賞鳥了。記得當時甫得學位留校任教的龔鵬程先生，很認真的跟我說：「老師，找一天我帶你去老街走走，淡水景觀很美的，我們一起去品嘗海鮮！」言猶在耳，而十幾二十年的歲月就此一去不回。

難得兩位舊日學生，特地安排了一趟漁人碼頭的半日之遊。中午想在「北非心情」用餐，而北非似乎沒了心情，僅開放夜間，更上一層樓不成，就在二樓的「糖果屋」將就西點，可一樣眺望淡海。

還好非假日，遊客不多，幾部中南部上來的遊覽車而已！進了漁人碼頭，走上作為地標的吊橋，採單邊吊架的特殊造型，少了均衡感，卻多了突兀的特效，可能是橋身短促伸展不開的無奈吧！

漁人碼頭以木頭搭建而成，上層供遊人行走觀海，下層則為商業休憩區，全長一百多公尺。老天垂憐，給我特殊假期，既無炎陽高照，又無寒風襲身，少了人潮，而好了心情，近看遠觀，無處不美。

有對鄉土夫妻，笑臉相迎，問道：「漁人碼頭不是在淡水嗎？為什麼說是淡海？」我說：「淡水流入淡海，水的那一頭稱淡水，海的這一邊叫淡海。」鄉土老兄一臉羨慕的說：「你們好福氣噢！每天看好風光！」我趕緊回應：「我在這裡教書多年，也是第一回來。」或許可以讓來自南投的朋友，減少一點錯過人間美景的感懷吧！

離開了漁人碼頭，來到「領事館」喝下午茶。倚窗而坐，看窗外海水拍岸，兩位釣客正舉起釣竿，將長線往海中拋去，我們則偷得半日閒，聊起淡大中文的一時多少豪傑，亦如潮水般起落來去，這一回過客卻成了歸人。

日落時分，循岸邊前行，一路上不是咖啡屋，就是小吃店，霓虹燈已亮起，而水的另一端，左岸咖啡也是燈光閃爍，兩岸的光采亮麗，在夜色蒼茫中正相互映照著。

走過老榕樹群，有如穿越時光隧道，來到了舊碼頭，雖已蕭索，卻滿是古意，走出巷道，迎向老街，百年淡水盡入眼簾，這也算是浮生的一大突破了吧！

——二〇〇三年十二月三十日《中央日報》

原來退休可以如此美好

美國當地時間八月二十五日的晚間，在紐約法拉盛公園美國網球中心的中央球場，安排了一場極其隆重的退休儀式，現場觀眾二萬一千八百五十三人，軍方儀隊在行進間逐步拉開了一面有半邊球場寬的星條國旗，由歌星及合唱團演唱而揭開了序幕。九點整，主角山普拉斯出場，全場觀眾歡呼鼓掌，起立致敬。

大會請來了已退休的頂尖高手，麥肯諾、庫利爾及貝克等名將，一一出場，跟昔日最大的對手敘舊話別，阿格西還要出賽，僅在大銀幕上播出影帶致意。山普拉斯身著簡便西裝，儼然社會名流，正式跟球迷告別。面對如此莊嚴而動人的場面，一代球王激動難已，聳肩掩臉，淚水奪眶而出，如此畫面延續兩、三分之久，掌聲歡叫聲更是直衝雲霄，我想這是一個人在人世間所可能擁有的最大榮耀，原來退休可以如此美好！

山普拉斯簡短致辭：「我的家人及我的父母陪同我出席。我即將退出這裡的比賽，我真喜歡在這裡比賽，在你們的面前演出；但我心裡知道，這是我說再見的時候了！」最後，他夫人偕兒子來到面前，他抱著兒子繞場一周，接受球迷的祝福。觀眾席上拉出了「感謝你給出的美好記憶」的大標語，大銀幕上盡是他一生征戰各地的身影，從青澀到成熟，大會送給他一座他凌空躍起舉拍高壓的雕塑作品，這是他的招牌動作，此後僅能留在球迷的腦海印象中，放眼當世，再也找不到第二個人。

他十多年來，贏得了四大公開賽的十四座獎盃，其中溫布頓七座，美國五座，澳洲二座，另外還奪得年終大獎賽五座，這是了不起的絕高成就；唯獨在法國公開賽的紅土場地，他交出了白卷，在完美中留下了些許的缺憾！印象中最深刻的是，在一九九六年美國公開賽的決賽，他擊敗張德培的那一場賽事，就此打破了張德培躋身世界排名第一的希望，他的精采演出，是張德培一生的痛，也是全球華人心中的憾！

這樣的退休場面，是全球各行各業的典範。尤其政治界更要如此的安排，讓一生為家國天下打拚奉獻的人，能得到應有的尊重跟禮敬，不僅畫下了美麗的句點，也放下了他心中的重擔。我一直在想，或許我們欠了李登輝總統一場盛大而榮耀的退休儀式。

——二〇〇三年九月十六日《中央日報》

繁華落盡看世貿

紐約當地時間九月一日，正是美國的勞動節，全國放假，在友人伴同下，來到了已崩塌的世貿大樓遺址，在寂天寞地中，跟舊時的記憶話別。

當天，天氣轉涼，斜風細雨中，觀光客逐步的集結而來，人人各撐一把傘，遮住自家的天空，在早已架設布幕圍籬的周邊，行走瀏覽，感覺上那是淒風苦雨，自然形成了有如追思禮拜的氛圍，沒有人說什麼，卻也步履沉重，時隔兩年，再臨飛機俯衝橫切的現場，悲戚之情依舊湧上心頭。

廢墟已清除，空曠大地唯一凸出的是呈十字形的殘留鋼架，佇立在那裡，以示哀悼和祈福吧！原初一柱擎天屹立挺拔的英姿氣勢，與驚爆解體浴血逃難的烈火慘狀，已停格在張張大幅照片裡，有如檔案般的走入歷史，正高掛在圍籬的上頭；而刻在長條石板上的長串名號，正是兩、三千位忠於職守，或奮勇救人而死難的英雄榜，供紐約人與外來客前來憑弔致敬！

挺立在紐約市中心的世貿大樓，一直是西方資本主義文明的精神象徵，卻在恐怖分子的劫機衝決中，斷裂崩垮了下來，且在全球電視網的現場直播中演出，此對超級強國的美國而言，當真是「是可忍，而孰不可忍」的激憤，此隨之而起的則是小布希出兵阿富汗與攻打伊拉克的懲罰行動，也縱容以色列對敘利亞境內恐怖分子的基地，進行報復性的攻擊。

依美國引以為豪的立國精神而言，要誓死捍衛民主自由的理念，絕不認輸，也永不退讓，就在原址之上，正要重建更高更大也更堅固的大樓，據聞鋼板的防火功能，與建材的化學藥物含量，已被嚴格評估，以免在高溫中解體，與散發致命毒煙的災害。

世貿大樓在繁華落盡之後，留下來的是夷為平地的冷清。世貿可以從廢墟中重建，人人心中的傷痕要如何修補，積存不去的陰影要如何排除，在在都需要更崇高更開闊的心胸氣度，來做補救與排解的工夫，這一無形的工程才是巨大而艱難的。

這不能靠聯合國的維和部隊，或外交折衝談判和解所能為功，總得依靠《聖經》與

《可蘭經》的對話會通，給出相互尊重與彼此包容的空間，才會有根本的解決之道。恐怖破壞與轟炸報復，永遠也化解不了基督文明與阿拉伯世界現存的對決僵局。

——二〇〇三年十月二十一日《中央日報》

和平公園巡禮

在學生的安排之下，旅美之行多出了一段加拿大洛磯山脈與維多利亞島的觀光之旅，也在溫哥華過了五、六天家居日常的生活。

在離開的前夕，他們夫婦引領我們前往美加兩國邊界的和平公園，去做一場巡禮。那是豔陽高照的午後，晴空萬里，綠草如茵，繁花似錦，未近黃昏，而秋高氣爽，這一片座落在美加邊境的公園，半在美國境內，半在加國境內，正中地帶立一座拱門，橫匾書寫的是「和平門」，門內側壁上浮雕凸出的文字是「在一個共同母親之下的兄弟之邦」，邊界角落也立起兩塊石碑，是十九世紀中葉兩國在此立碑分界。

在公園兩側的道路上，排滿了出入境的車輛，正循序前行，入加者多，而入美者少，反映的是溫哥華這一渡假勝地的超人氣魅力。

公園內多的是家族式的郊遊，也有友朋的聚會，還有新郎新娘在此亮相留影，穿越和平門，接受兩國人民的共同祝福吧！

沒有壁壘分明的邊界，沒有戒備森嚴的國防，沒有鐵絲網，也沒有布雷區，沒有重兵駐紮，也沒有飛彈防禦系統，兩國成了命運共同體，不見柏林圍牆，更不見南北韓三十八度線的烽火相對，美加兩國人士在溫哥華與西雅圖之間來去自如，或工作或旅遊，好像在自家後院行走，沒有一點存疑或留難。

反觀臺海風雲，戰機航艦，或淩空或潛水，甚至衛星監測，還飛彈鎖定，雖隔著臺灣海峽，卻情勢詭異而緊繃，彼此猜測，而互不信任，還得勞駕美國太平洋艦隊，居間調停，隨時敬告兩岸，要自我克制，別升高緊張情勢，而點火引爆，上演一場中國人打中國人的悲劇，那可真是對歷史無以交代。

兩岸人民當然是來自共同母親的兄弟之邦，和平公園的和平拱門，當該立在海峽中線的上空，讓兩岸人民可以來去自如，通行無阻，無須偷渡或逃難，而走私販毒者也就失去立足容身的空間。大溫哥華地區兩百萬人口，而華人有五十萬之多，臺灣人十五萬，香港或大陸移民三十五萬人，中國人遷徙流離，在異國他鄉花果飄零，兩岸政府還可以不痛切反省嗎？

——二〇〇三年九月三十日《中央日報》

最後一根釘

在洛磯山脈的旅遊途中，路過一個很特殊的地方，它在加拿大建國史上，扮演一個要角，那就是「最後一根釘」。這樣的地名，乍聽之下，讓人不明所以。原來，在一八六七年，加國聯邦政府成立之初，僅有四個省加入，瀕臨太平洋的BC省，卻不知要何去何從，它們面臨三個可能的選擇：一是獨立自主，二是併入美國，三是加入加拿大聯邦政府。

因為加拿大的山脈，都是南北走向，重重阻隔了東西兩岸瀕海精華區的資源分享與商業流通，而中間幅員廣闊的地帶，卻大多是草原與荒漠，故與東岸的安大略省反顯疏遠。而BC省南面與美國接壤的卻是平原地區，且海運船行便捷，可與西雅圖連線。再說，洛磯山脈由阿拉斯加、加拿大，再直貫美國、墨西哥，綿延四千公里，而哥倫比亞河，全長二千公里，八百公里在加國境內，一千二百公里在美國境內，再流入太平洋，從天然形勢看，併入美國似乎較為合理。

不過，在有識之士的奔走下，形成一共識，建造一條與八千公里長的一號公路並行，號稱全世界最長的橫貫鐵路，也打通了東西兩岸的斷隔險阻。為了爭取時效，由溫哥華與卡加利兩地，分頭同時建造，而往中間收攏，就在「最後一根釘」這個地方會合統整。一八八五年十一月五日，由太平洋鐵路公司總裁象徵性的釘下了最後一根釘，BC省就此加入了加拿大聯邦政府。百年紀念碑的基座，由十三塊石頭疊架而成，分別來自十省、二地方，第十三塊則遠從蘇格蘭運來，因為鐵路公司總裁來自蘇格蘭；而最後一根釘，永遠立在那裡，閃現金色的光芒。

紀念碑上鐫刻的碑文，一面用英文書寫，一面用法文書寫，兩種語文兼容並存，讓居少數的法裔住民，可以保有自家的文化傳統，不必擔心被英語世界吞噬掉，反而可以放開心懷的融入這一聯邦格局的架構裡。

即以魁北克省這一最保守的法語區而論，雖舉行了獨立公投，卻僅以些微之差，未過半數，依舊船過水無痕的維持現狀，共存共榮。

兩岸中國的「最後一根釘」在那裡，這就考驗臺北與北京政治領導人的智慧了，我們亟待的是建設性的破解歧見的最後一根釘，而不是毀掉兩岸和平的最後一根稻草。

——二〇〇三年十月七日《中央日報》

直把他鄉當故鄉

洛磯山脈之旅，團友中有位老先生，氣宇清朗，文質彬彬，他身上藏不住的教養內涵，讓人眼睛為之一亮，陪著講日文的太太，隨團旅遊。

他給我的名片，上寫「鄭昨非」，我說：字「昨非」，那號「今是」嘍！顯然，不是父母給的名字，當是他自身心境的寫照吧！此有如《老子》所云：「吾不知其名，字之日道，強為之名日大。」既悟今是而昨非，那不就是他活出一生的道號嗎？

他是大連人，抗日軍興，逃難到了香港，艱苦過了十幾年，又移居日本十多年，最後定居美國二十年，三言兩語，一生似已說盡。

問起我的教職，說在大學講授中國哲學的課程，他的眼神光采閃現，立即回應說：「我的老師是唐君毅、牟宗三、錢賓四諸先生！」我不覺肅然起敬，改稱學長。原來，他流亡香港期間，就讀新亞學院文史系，也難怪，旅途困頓間，仍顯氣定神閒，正是新亞精神的流風餘韻吧！

他到日本經商，又入學深造，得博士學位。他的夫人是華僑，廣東中山縣人，移民日本已第七代，神情、語氣、儀態，比日本人還日本人，不會說華語，遠離文化鄉土，中國人的風格味道已離身遠去。

鄭先生曾回大連家鄉，親人都不在了，竟連祖墳也被破壞掉，堪稱連根拔起，再也回不去了。中秋無親人可以團圓，清明無祖墳可以掃墓，過年要跟誰圍爐呢！說起往事，鄉土情還真沒有著落呢！他退休了，每天讀古書、寫書法、繪國畫，以排解深藏心底的文化鄉愁吧！

想著大半生海外漂泊的歲月，臉上掩不住落寞。流落異鄉的遊子，有家千里不得歸，家鄉已遠，故國也僅能在「夢裡不知身是客」間追尋了。

現代中國人，不是「直把杭州當汴州」，而是直把他鄉當故鄉，不是沒有故國情思，而是自我放逐吧！不是故鄉才是故鄉，很弔詭吧！你可以放下重負，在家國劇變中，心裡不會那麼痛！

我跟他說，唐、牟兩位大師先後回臺灣講學，新亞精神已由鵝湖團隊接續，他眉目之間深鎖的一縷黯然，就此解開。我回臺北，夢裡不知身在家，似乎還在異國行走呢！醒來時分，感覺真好，告訴自己，已非過客，而是歸人。

——二〇〇三年十月十四日《中央日報》

人為保護

干天和

在加拿大洛磯山脈旅遊途中，行經班芙國家公園與傑士達國家公園，前者六千多平方公里，後者一萬多平方公里，為了保護自然生態與野生動物，而有國家公園法的立法與規範。

由於加國是觀光勝地，旅客雲集，破壞了生態，所以立法保護自然環境，禁止商業活動，免得帶來人為的汙染，更嚴禁打獵與餵食，因為動物會失去覓食的本能，且消受不了人的食物。還有周邊的建築，不能超過樹林的高度，以存全自然的景觀。

即以班芙鎮這一旅途中最優美的小鎮而言，全鎮人口七、八千人，每天湧入的觀光客，就有兩、三萬人之多，班芙大街遊客穿梭如織，每一棟建築各有特色，卻保有整體的風格，嚴格管控居住人口，有工作者才得以在此居留，市區不容許隨意擴充，土地歸政府所有，居民僅有承租使用權。唯一的例外，是一八八六年太平洋鐵路公司所建造的古堡式溫泉酒店，雄偉典雅，樓高未受限制，卻被孤立在班芙大街之外。

當天有整整一個鐘頭的大街漫步時光，觀賞市區設計的建築風格，未料空氣品質奇差，幾讓人有窒息之感！正疑惑是否飯店餐廳油煙逸出，而瀰漫街頭，此等大煞風景的事，怎麼可能出現在這麼優美的小鎮。經新聞報導，得知由於乾旱，山區幾十處森林大火，正延燒中，還好未阻斷觀光車隊的來去。

車行一號公路，正好穿過班芙國家公園，道路兩旁設有防護網，不讓野生動物闖過路面，以免發生傷亡。不過，也擋住了牠們往河邊喝水的通道，只得另造天橋與地下道，方便牠們通行，此蔚為野生動物走人間陸橋的天下奇觀。

不過，此等保護措施，卻出現了後遺症：一者麋鹿日益繁衍，啃食楊樹根處樹皮與新生幼苗，楊樹因而逐漸減少，二者狼群利用防護柵欄，逼鹿群無處可逃，凡此造成了生態的不良循環。

老子說：「道法自然。」又說：「天地不仁，以萬物為芻狗。」天地無心，放開萬物，讓它們自生自長，人為干預，即使出於保護的善意，卻也帶來意想不到的負作用，還是回歸自然，維持生態的自然平衡吧！

反觀國內，困在放生是功德的迷思裡，將飛禽走獸，甚或毒蛇，從市場購得，載往郊區放生，此等對生態的無知，形同拋棄殺生，那有功德可言！

——二〇〇三年十月二十八日《中央日報》

沒有魚的湖

繞過瀑布山的山腳，轉向露易絲湖前進。它是冰川湖，海拔七百三十一公尺，是洛磯山脈的一顆寶石，是此行的旅遊重點。

露易絲湖，本來印第安人說是「沒有魚的湖」，因為一年四季，只有六月到九月的四個月之間，冰層融化，其他漫長的八個月，皆凍結成冰，不適合魚的成長。一八八四年，始以英國公主的名字命名，時公主夫婿擔任加拿大總督，由於湖水淺藍，有如亮麗的寶石，又稱翡翠湖。

亞伯達省也一樣以公主的名號取名，故稱公主省，可以想見大英帝國號稱日不落國的歷史榮光。一九八四年，露易絲湖經由百年修行，被聯合國認定為世界文化遺產，每年有百萬人湧入觀光。

旅遊團進出有序，時段經安排而錯開，不會因人潮湧現，擠滿湖邊而大殺風景。湖邊建有一座美輪美奐的城堡飯店，內部擺飾古色古香。旅客來此觀賞這一沉靜得讓人留連忘返的湖光水色，疑真似幻的有如置身太虛幻境。

我們在湖邊行走，不同點不同的角度，會透顯露易絲湖的多重風貌，有如一位謫凡的仙女，沒有巧笑倩兮，只是似有還無的起舞弄清影，就讓人有不似在人間之感。她吸引了每一個人的眼光，所有的辭彙均顯笨拙，任何的讚嘆已成多餘，此時無聲勝有聲，忙著為旅遊留下記憶，也為天地保留光景。

飯店側門走出，正遙望阿塔巴斯卡冰川，在冰川湖看懸掛在遠山山頭的冰川，藍天烈日映照的雪白虹彩，美得教人喘不過氣來，直逼胸臆而難以消受。我們一路尋覓而來，追索大自然的奧祕，河水來自冰湖，冰湖來自冰川，而冰川來自冰原，像千年老道般，佇立在海拔三千四百公尺的峰頂，此為北極之外最大的冰原。

告別了露易絲湖，循冰川公路北行，正想人間美景盡在於此矣，未料途中神來一筆，停靠 Reito 湖，此以發現者為名，湖水碧綠，相對於露易絲湖之為開朗的大家閨秀而言，此湖則是羞怯的小家碧玉，驚嘆聲此起彼落。她隱藏自身在此一神祕的角落，遠離了滾滾紅塵，保有了天然純淨。

到了阿塔巴斯卡冰川，冰層積厚三百公尺，搭鋸狀大車輪的雪車，可以在百分之十八的坡度上下行走。此冰川百年間已萎縮一公里，似乎大自然的保護傘，已在後退崩解中。冰川上有涓涓細流，入口沁人心脾，攜回兩瓶沏茶，臺灣烏龍茶在異國他鄉，展現了前所未有的獨特風味。此越過了技藝的層次，而是道的體現。

——二〇〇三年十一月四日《中央日報》

飛龍在天

洛磯山脈之旅的最後一天，安排前往溫哥華島的維多利亞市觀光。

大溫哥華各市鎮間，皆以菲沙河為界。從 Richmond 出發，通過好長一段河底隧道，二十幾分鐘到達喬治亞海灣的碼頭，旅遊車進入了一萬八千噸的卑詩渡輪，時速八十公里，用時一個半鐘頭，停靠維多利亞市灣區。

此行主要景點，是寶翠花園的賞花行腳。寶翠以建造者 Buterart 為名，依序為低窪園區、玫瑰園區、日本園區與義大利園區等四個園區，各有特色風格。

印象最深的是第一園區的花海，讓人幾不知要如何藏放掩身而至的美感浪潮。無處不美，美反而找不到位階與理序：所在皆花，花反而失落了可以棲身安頓的空間；春城無處不飛花，春城倒成了無花的世界了。

身在花海中，卻心中無花，步履輕盈有如行雲流水，不必駐足停留，美已漲滿心頭。吾家另一半卻看不破走不開，看她步步為營，花花皆照，痴想把這一切光采亮麗帶回臺北，卻失落了當下即是的靈動美趣。

園中另有一奇景，那是在建園六十周年由建造者之孫 Ross 所精心設計而成的一座噴泉。噴泉水柱可以衝上七十呎的上空，看它千姿百態，花樣翻新，有如星空下爆開的朵朵煙火，噴水的線條與造型，直如樂儀隊的表演，或交叉跳躍，或前後追逐，在隊形的變換間，正以輕重不同的步伐，循著音樂的節奏前進；那水花點點，水波流轉，似是音階的跳動與旋律的起伏，正如天女散花般的迎風飛舞，而婀娜多姿。我們居高臨下，靜坐看臺，觀賞了一場由視覺印象交織而成的夏日舞曲。

寶翠花園是由已廢棄的石礦場，蛻變化身而成，當真是巧奪天工，化腐朽為神奇。此等天地再造的巧思用心，讓人震懾，而補過回饋的功德更讓人敬重。大英帝國的海外殖民，雖剝削了人民，也掠奪了資源，不過卻為當地建構了可長可久的法治體制，也為自身預留了可以回來的精神空間。

維多利亞市比起溫哥華市，早開發了半世紀之久，保存了更多的優美傳統，我們走過了唐人街中國城，而到了碼頭周邊的精華區，看皇后酒店與市政廳，此等古典的建築風格，與班芙鎮的優美街景，正呈現了都會重心與行旅休閒之間，完全不同的氣韻與姿采。

博物館大廳正展出中國龍的傳統，壁上浮雕正是龍之形相穿越了歷史隧道的演化歷程，吾人在大英帝國的歷史榮光中，也看到了大漢子民的生命韌力，但願兩岸中國的未來，是「飛龍在天」，而不是「亢龍有悔」。

——二〇〇三年十一月十一日《中央日報》

高處不勝寒

重遊舊金山，遠道而來給學生看，幾位舊日一女中的老學生在此落腳，她們自身或者加上先生，在矽谷任職，均得持家教子，甚至內外兩頭忙，開著休閒旅遊車，趕時間接送兒女上下學，眼前已看不到身著綠衫的嬌柔少女，而是以精明能幹女性的新姿態出現的成熟女性，當真是士別三十年，真教人刮目相看。

從臺北直飛舊金山，用時十一個半鐘頭，龔淑芳開車來接，她前來開會，順道接我們回家。她從破碎的婚姻中走出來，獨力帶兒子長大，六年前從網路資訊中，採購建材，並參與設計，親自監工，費時一年半打造了自己的新居。吾家另一半，見其豪華壯麗，號曰皇宮。由於兒子正處申請大學的決定性階段，她又工作煩重，所以停留一週的行程，不敢以此為進出的基地，而轉往另一學生李明英的家。

她先生在新竹科學園區創業，女兒在洛城上大學，兒子還在小學就讀，全家常回臺北，跟我們有如家人般的親近，在此卸下行囊，頗有賓至如歸之感。她跟龔淑芳是上下屆同學，因著老師，她們幾位已結成投資股市的夢幻團隊，就在前兩三年股市最熱的高峰階段，各獲利四、五百萬美元，惜乎在判定何時會是最高點，有如棋局對弈般，與大戶鬥智，一念誤判而時機錯過，股市幾近崩盤，直瀉而下。據云所剩無幾，唯存留些許珠寶古玩而已，她們說這樣也好，怎麼來也怎麼去，難得的是拿得起，也放得下，來去自如而不帶走一片雲彩。她們從天上跌落人間，回歸家常日常，反而不會熱昏了頭，而忘了自身是誰，甚至會失落了存在的真實與生命的美好！

舊金山海灣，有北灣、東灣、南灣的區分，所謂矽谷，就在以聖荷西為中心的南灣四城市間。這兩年由於景氣不再，諸多廠家被迫裁員，甚至關門，說已有二十萬人移出，轉往南加州另求發展，至少房價跟生活費較低。這一全球炙手可熱號稱高科技產業的重鎮，竟會有聲光黯淡的蕭條時刻，讓人生發世事無常之憾！

傍晚時分，我們驅車在南灣地區繞行，瀏覽矽谷周邊的風光，對這一新竹科學園區前來取經的範本，表達一分敬意，也對這一盛極而衰的沒落景象，引以為借鏡。

臺灣高科技產業，也一樣的在高空走鋼索，理念創意的湧現靈動，直如置身瓊樓玉宇，總教人有「高處不勝寒」之感。

——二〇〇三年十一月十八日《中央日報》

夕陽無限好

在兩位學生的陪伴下，前進舊金山老城。一八四八年的淘金熱，有如時勢造英雄般，造就了這座最有歷史感的城市。

在大都會中，它屬於迷你型，人口百萬，依山面海，循地形順勢而建，街道上下起伏，正是好萊塢電影飛車追逐而驚險萬狀所給出的印象。樓房建築各有特色，城市景觀極其優美，雖是舊地重遊，那掩藏不住的日落情調，依然動人心弦。

這回不往漁人碼頭去看徜徉在陽光下懶散自在的海獅海狗，而逕往「藝術皇宮」，去品鑑人文之美。此八十年前為萬國博覽會而建造，有如希臘神殿的建築風格，根根廊柱凌空拔起，極其壯觀，而顯得法相莊嚴。正疑身在眾神環繞間，忽地冷風刮起，雖穿著擋風外套，仍擋不住襲身而至的風寒，不敢再作停留，趕忙走離宮廷神殿，說來也真玄，冰寒之氣立即消散，不知西式建築竟藏有中土五行相生的玄機麼！

重回陽光底下，沿著湖水區散步觀光，天鵝、鴨子正優游其中，烏龜三三兩兩，爬上岸邊岩石上曬太陽，天鵝隨處覓食，看到游魚，一頭栽進水中，呈現出倒立狀的奇觀，有如水上芭蕾的演出。斜坡草坪上躺著做日光浴的男男女女，與周邊爭奇鬥艷的幢幢別墅，相映成趣。

夕陽斜照下，驅車前往金門大橋，一路上車如流水馬如龍，還好循序上橋，立即被迎面而來，氣勢磅礡有如海上一道長虹的吊橋所震懾。橋身不長，卻散發氣象萬千的美感魅力，過橋停靠觀景臺，側看大橋之美，也觀賞港灣美景，遠處另有一座港灣大橋，橋身遠長於金門大橋，原來從飛機上俯瞰讓人驚嘆的那一道長橋，正是港灣大橋，而不是作為地標的金門大橋。

再轉往西側山上，沿途停滿了車，人車聚集的地方，就是觀景的絕佳處，原來這一側的角度，才抓得住大橋側面的完整景觀，我們有如開發大西部的車隊般，不斷的往上走，在更高處看到的是另一番的景象。隨著不同的角度變換，金門大橋有如千姿百態的少女般，呈現各種不同的嬌媚風貌。

海水藍，遠山青，帆船白，吊橋紅，大小船隻在海灣中徐徐前行，拉出一條條的白練，藍水白浪間，有兩座島嶼立身其間，在落日餘暉中，直如人間仙境。夕陽無限好，只是在他鄉！

遙望惡魔島的監獄建築，我腦中浮現的卻是已成歷史記憶的綠島，近看金門大橋，心頭想起的卻是橫跨濁水溪的西螺大橋，鄉愁還真是無所不在呢！

——二〇〇三年十一月二十五日《中央日報》

天下父母心

美加月餘之旅，最高的理想與最後的情意——哲學所說的終極原理，就在去看女兒，也給女兒看。她在雪城，位在紐約州五指湖區，嬌嬌女遠在異國他鄉，且在冰天雪地間求經問學，在在都是爸爸的痛。每回電話報平安聊家常，問正在做什麼，都缺乏現場感，竟連想像的空間都難以架構完成，故此番前來，直如媽祖繞境巡行。

從洛杉磯起飛，在芝加哥轉機，再飛雪城，一路上不用調時差，我的臺北時間與紐約時間正好疊合，只是日夜顛倒而已；晚間九點，女兒偕室友各開一部車來接，四件大行李才得以輕鬆同行。

這回美加行，泰半行李皆是女兒預約的補給品，在舊金山就先郵寄了一大箱，從溫哥華回洛城，再追加採購，外婆與舅媽又為她物色了不少衣物食品，讓這一對衣食父母，得以名副其實的姿態，風光的出現在女兒的面前。

坐在女兒身邊，看她開上高速公路，速度雖快，依舊沉穩，回到住處，餐桌上已擺上了女兒的精心之作，烤雞腿、XO醬炒蝦仁，還有白煮茄子沾特別處方調製的醬料，生平首度享用了女兒下廚端上的佳餚，雖簡單素樸，反覺得豐盛味美，溫暖在心頭呢！

飯後沏茶，這是爸爸唯一的榮耀，看櫃子陳列均是我為她挑選的好茶，有高山烏龍，有陳年普洱，有尼泊爾紅茶，也有日本綠茶，怎麼如同擺飾供在那裡，而未品茗爸爸的心意呢！看來留學生涯已無茶道空間，怎麼會這樣呢？這回我又帶來了好幾罐春茶啊，有梨山、有霧社、有阿里山，還有大禹嶺，本來是想讓女兒驚喜的，未料卻是自家的失落。……

飯後茶餘，女兒給我看她留在電腦網頁上諸多浣熊的可愛鏡頭，說是傍晚時分，有三隻浣熊出現在窗口，羞怯露臉，而兩眼發亮，後來只剩下一隻，可能是母浣熊帶走了兩隻，卻遺忘了這一隻，害得牠形單影隻，女兒用牛奶、餅乾、草莓跟櫻桃餵牠，牠用兩隻前爪抓取食物，或捧牛奶喝，有如洗衣狀，故名曰浣熊。牠固定在日落時候，下來要食物，飽足之餘，就坐在窗口看風景，面對夕陽斜照，有如看破世情的孤單老人。

女兒的愛心，與落單的浣熊做成了朋友，或許可以為天涯遊子帶來些許的慰藉吧！不過，可別忘了要品味來自故鄉的茶啊！

——二〇〇三年十二月二日《中央日報》

新生代當家作主

在雪城陪女兒度過兩三天沒有下雪結冰的生活，除了去五指湖的無名指湖觀光之外，最重大的事，就在雪城大學校園行走，由於是私立大學，校區不大，卻很精美。女兒開車導覽，主要看她們的系館、圖書館、活動中心與健康中心等建築，循著她上下學、個案訪談，或購物的路線，用心的走了兩回，知道這一年來她是怎麼走過來的，也為未來的歲月，預留想像的空間。

第三天，內兄帶著媽媽跟兒子，來此會合，午後分乘兩部車，先開往雪城大學校區，再繞行一圈，路上遇上女兒的老師、同學，跟系上祕書，隔著馬路喊話問候，她們說女兒在各方面的表現都很傑出，我們也謝謝她們的照顧，表達了家族對女兒學業的全力支持。

離開校園，就興高采烈的朝綺色佳鎮前進，為的是參加在康奈爾大學舉行的內姪女的婚禮。車行三小時，傍晚時分到達野宴的會場，就在五指湖的中指湖邊，正好一場風雨狂掃而過，園區斷折的樹枝，隨處可見，大家逃難似的藏身在大木屋裡。雨過天未青，而暑氣已消，天候可真涼爽宜人，此時在湖邊散步，看鴨子隨波優游，最是寫意！

新郎新娘引介雙方家長跟親友會面認識，現場提供自助野餐，有飲料、水果、雞腿、豬排、沙拉等，大家安頓下來，就由新郎、新娘開場，感謝家長與親友，再由五位伴郎與五位伴娘，上臺說些兩人之間交往互動的有趣往事，全場滿是笑聲，歡樂的氣氛濃郁而自然。

當晚，親友賓客就住進了前總統李登輝訪美時落腳的飯店 Statler Hotel，是康奈爾大學的學生實習飯店，享有經營管理的盛名，似乎世界各地都得來此取經學習。隔天下午四點，就在校園裡的教堂，舉行婚禮，在上帝的祝福之下，由神職人員證婚，顯得神聖而莊嚴，跟國內的熱鬧吵雜，截然不同。全場鴉雀無聲，聆聽每一句終身的誓言，與虔誠的祈禱詞，甚至全場起立，等待驕傲又感傷的爸爸引領新娘進場，又在全場起立與掌聲中，歡送一對新人走出禮堂。

來到了西方世界，參與了美國式的婚禮，完全由年輕一代擔綱，父母親友僅是獲邀觀禮，沒有政商名流致辭，沒有師長長官訓勉，他們當家作主，他們是唯一主角，或許這才是世代交替間，我們最該有的素養吧！

——二〇〇三年十二月九日《中央日報》

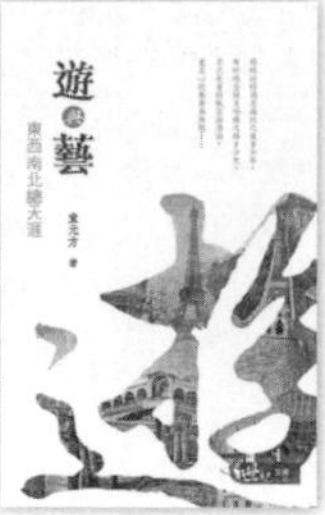

京都一年　林文月　著

「三十年歷久彌新，京都書寫的經典。」本書收錄了作者一九七〇年遊學日本京都十月間所創作的散文作品，自出版即成為國人深入認識京都不可錯過的選擇，迄今仍傳誦不歇。今新版經作者親自校訂，並增加多幅新照。書中各篇雖早已寫就，於今讀來，那些異國情調所帶來的感動，愈見深沉。

遊與藝：東西南北總天涯　童元方　著

本書收錄知名作家童元方女士二〇〇五年至二〇一〇年間的散文創作，集結作者在世界各地的旅遊、生活見聞，以及對文學、繪畫、音樂和戲劇等藝術的獨到見解。遊與藝之外，特別收錄兩篇為陳之藩先生所寫的文章，文筆細膩深刻，字裡行間流露出真摯的情感。

荒　言　吳鈞堯　著

◎中國時報開卷周報書評推薦

當時間緩慢而堅決地自生命的罅隙滲漏流逝，記憶如沙堆疊、崩落、四散。作者將凝放在時空裡的過去，收拾成一篇篇記錄自我生命軌跡的散文，以斷簡殘編般的隻字荒言，抵抗著一切的終將消逝。「我們何其淺薄，又何其多情」，唯有在對逝去歲月的眷戀凝視中，我們才能把告別的哀傷，化為一股持續奮起的力量。

綠窗寄語　謝冰瑩　著

本書是謝冰瑩女士最受歡迎的散文集之一，收錄了她與讀者、朋友間交流的書信。在內容五花八門的讀者來信中，謝女士像個朋友般，用她豐富的閱歷與淺近的文字，親切地回答每個疑問，使內容既實用且溫暖，而全書以書信體的形式呈現，也讓人讀來倍感溫馨。

河宴

鍾怡雯　著

◎民國八十四年金鼎獎優良圖書推薦

本書收錄了鍾怡雯一九九一至一九九四年間發表於臺灣、大陸及新馬等地的散文，包含十餘篇得獎作品，是她的第一本散文集，更是她自我成長經歷的「交待」與「總結」。作家的第一本書，往往是最純粹、最能見其創作初心。鍾怡雯的散文創作，其特色在於她說故事的方式；在散文的經營上，她總是讓人驚喜。

國家圖書館出版品預行編目資料

用什麼眼看人生／王邦雄著.——二版一刷.——臺北市：三民，2019
面；　公分.——(輯⁺)
ISBN 978-957-14-6401-5（平裝）

855　　107004976

輯⁺

用什麼眼看人生

作　　者　王邦雄
發 行 人　劉振強
出 版 者　三民書局股份有限公司
地　　址　臺北市復興北路 386 號 (復北門市)
　　　　　臺北市重慶南路一段 61 號 (重南門市)
電　　話　(02)25006600
網　　址　三民網路書店 https://www.sanmin.com.tw

出版日期　初版一刷 2004 年 7 月
　　　　　二版一刷 2019 年 12 月
書籍編號　S811220
I S B N　978-957-14-6401-5

三民書局